イクバルの闘《たたか》い

Storia di Iqbal

世界一勇気ある少年

フランチェスコ・ダダモ／作
荒瀬ゆみこ／訳

すずき出版

STORIA DI IQBAL

by Francesco D'Adamo

表紙・本文さし絵
丹地陽子
装幀
鈴木みのり
新装版装幀
長坂勇司

目次

イクバルの闘《たたか》い

世界一勇気ある少年

プロローグ

天窓《てんまど》の星空

あたしが寝《ね》る屋根裏部屋《やねうらべや》には、天井《てんじょう》に窓《まど》がある。あたしはあの窓《まど》が好き。空がきれいなときには、ガラスをとおして、星や、ときには三日月まで、見えたりすることがあるから。

そう、あたしはイクバルを知っている。

寒かったり、疲《つか》れて眠《ねむ》れない夜には、空を見ながら、イクバルのことを考える。

あたしの名はファティマ。あたしたちは兄弟三人で、パキスタンから、ここイタリアにやってきた。もう、五年もまえのことだ。けれど、兄ちゃんは、いまだに用心しろって言う。見つかったら、つかまえられて、またパキスタンに送りかえされるからって。どうしてなのか、あたしにはわからない。

あたしは、この街のある家で、住みこみのお手伝いをしている。

ここのご主人さまはいい人だ。パキスタンのご主人さまたちのように、ムチでたたいたりなんてしない。仕事もそんなにたいへんじゃない。おそうじをして、市場に買い物に行って、あとは、子どもたちといっしょにいるだけ。夜明けから日暮《ひぐ》れまで一日じゅう、じゅうたんを織《お》りつづけ、床《ゆか》にたおれこむまで働かされることもない。

ここでは、あたしは奴隷《どれい》じゃない。ご主人さまが、食べるものも寝《ね》るところもくださるし、お金だってもらえる。文句《もんく》など言ってはいけないし、ありがたいことだ。

ここでは、あたしは自由のはず。けれど、だれもあたしを見ようとしない。なんと説明すればわかってもらえるだろう。市場に買い物に行っても、あたしだけ目に見えていないみたいで、だれもあたしに声をかけたりしない。人だかりでぶつかられても、ごめんなさいと言われることもない。歩いているのに、あたしはいない。立ち止まって、くだものや野菜でいっぱいの露店《ろてん》をのぞいているのに、あたしはいない。

そんなとき、あたしはたまらなくかなしくなる。そして、夜になると、決まってイクバルのことを考える。

空が黒くて寒い夜、暗闇《くらやみ》に目を見ひらいて、泣くこともできないとき、あたしはイクバルのことを想《おも》う。イクバルがあたしの両親の家につづく小道を、友だちや親《しん》戚《せき》や、彼の第二の父親になったイーサン・カーンともいっしょに、みんなでお祭りの服を着て、のぼってくるところを夢《ゆめ》に見る。イクバルが両親や親戚《しんせき》のまえで、赤い花嫁衣装《はなよめいしょう》を着たあたしをお嫁《よめ》さんにして、あたしと彼がいっしょに自由になる夢《ゆめ》を。

ただの夢《ゆめ》だということはわかっている。イクバルがあたしを迎《むか》えになど来られないことはわかっている。あのころだって、あたしのことをお嫁《よめ》さんにほしいと思っ

たかどうかはわからない。けっきょく、五年まえには、あたしたちは、ただの子どもにすぎなかったのだから。

でも、イクバルは、あたしにとってこんな存在《そんざい》だった。

そう、あたしの自由。今までのあたしの人生で、たぶん、たったひとつの自由。

彼にはあたしが見えていた。あたしはそこにいた。

これはイクバルの物語。

あたしが知り合い、あたしが覚えている、イクバルという少年のお話。

第1章
夢《ゆめ》にも見《み》捨《す》てられて

あたしはパキスタンのじゅうたん工房《こうぼう》で働いていた。ご主人さまの名前はフセイン・カーン。ご主人さまの家は、ラホールのはずれの、ヒツジの群《む》れを放牧しているほこりにまみれた野原のなかにあった。半分が石壁《いしかべ》、もう半分がトタン板でできた大きな建物で、敷石《しきいし》のはげた汚《きたな》い中庭には井戸《いど》があり、古いトヨタの軽トラックがとめてある。アシぶきの屋根の影《かげ》には、じゅうたんの材料に使う羊毛と綿《めん》の包みがおいてあった。おくのほうには、木イチゴや野草のしげみのなかに、錆《さ》びた鉄のとびらがかくされている。とびらをあけると、急な階段《かいだん》があって、地下の「お墓《はか》」

につづいていた。

じゅうたん工房《こうぼう》の屋根はトタン板一枚《まい》だったから、夏は暑くて、冬は寒かった。一日がはじまるのは、夜明けより三十分まえ。おわりかけの夜のおぼつかない光のなかを、おくさまが部屋着とスリッパのまま中庭をよこぎって、あたしたちにチャパティというまるいパンとレンズマメのスープをもってきてくれる。土間におかれたひとつきりの大きな鉢《はち》にみんなでパンをひたし、がつがつと食べながら、とりとめのないおしゃべりをした。その夜に見た夢《ゆめ》のことを、口ぐちに話すのだ。

夢《ゆめ》はお空のどこか知らないところにあって、あたしたちには遠くて想像《そうぞう》もつかないけれど、人がよんだときには降《お》りてきてくれる。苦しみやなぐさめや、喜びやさみしさや、ときにはなんにもならないおかしなことを運んでくるんだって、おばあちゃんや母さんが言っていた。意地悪な人には意地悪な夢《ゆめ》が、まぬけな人にはまぬけた夢《ゆめ》が運ばれるわけじゃない。でも、お空のやることがわかるなんて、いったいあたしたちは何者なの？

おばあちゃんは、最悪なのは夢《ゆめ》を受けとらないことだと言っていた。離《はな》れていても、いつもあたしたちのことを思ってくれる人の気持ちを、わかろうとしないようなものだって。あたしは何か月も夢《ゆめ》を見ていなかった。ほかのみんなも夢《ゆめ》を見なくなっていたと思う。けれど、それを打ち明けるなんて、怖《こわ》くてできなかった。だから、みんな朝になるとさみしくなって、夢《ゆめ》をでっちあげたのだ。それはいつも、光や色がいっぱいの美しい夢《ゆめ》で、まだ覚えている子は、家の想《おも》い出《で》を語った。あたしたちは、口をいっぱいにしながら早口でまくしたて、だれが一番すてきな夢《ゆめ》をつくったか競《きそ》い合った。

夢《ゆめ》のでっちあげ競争は、おくさまに、「もう、いいかげんにしなさい！」と、言われるまでつづく。それから、ようやく一人ずつ、大部屋のおくの汚《きたな》いカーテンのうしろにあるトイレに行かせてもらえた。

まず最初に行くのは、足首を鎖《くさり》で織機《おりき》につながれている子たち。ご主人さまからは、能《のう》なしの《ぼんくら》とよばれていた。へたくそで、のろまだからだ。あの子たちは、色のついた横糸をごちゃごちゃにして、じゅうたんの模様《もよう》をまちがえてしまうし（これは、一番いけないこと）、指にマメができたと言っては、いつまでもぐずぐず泣いていた。

《ぼんくら》はおばかさんだ。マメができたら、毛玉をそぎとるためのナイフで、切りひらいてしまえばいいのに。水がでてきて、ちょっと痛《いた》いけど、そのうちまた皮ができてかたくなっていく。そうすれば、なにも感じなくなるのだ。がまんして、待つことを覚えなくちゃ。鎖《くさり》でつながれていないあたしたちは、あの子たちをかわいそうだと思いながらも、ちょっぴりばかにしていた。たいていは、新しく入ってきたばかりの子たちだ。自由にもどるためには、できるだけすばやく指を動かし、たくさん働くしかないってことを、まだわかっていない。石盤《せきばん》にチョークで書かれた印をひとつずつ消してもらって、ぜんぶなくなるまで、家には帰れないのに。

みんなと同じように、あたしの織機《おりき》の上にも、石盤《せきばん》がぶらさげてあった。

もう何年もまえ、あたしが来たときに、ご主人さまのフセイン・カーンが、なにも書いていない石盤《せきばん》をとりだすと、その上になにかを書きこんで言った。

「これが、おまえの名前だ」

「はい、ご主人さま」

「これが、おまえの石盤《せきばん》だ。おれ以外、だれもさわることは許《ゆる》さん。わかったな」

「はい、ご主人さま」

それから、もっとたくさん、怖《こわ》がっている犬の背中《せなか》の毛みたいにまっすぐな線をびっしり書いて、四つずつのグループに区切っていったけれど、あたしにはよくわからなかった。

「数はかぞえられるか？」ご主人さまに聞かれた。

「十くらいまで」あたしは答えた。

「見るんだ」フセイン・カーンは言った。「これが、おまえの借金だ。印ひとつが一ルピーだからな。おまえには、一日の仕事につき一ルピーやる。ふさわしい額《がく》だ。だれもそれ以上は払《はら》わないだろう。だれだってそう言うさ。ウソだと思ったら、聞いてみるがいい。みんな、フセイン・カーンはまっとうな、いいご主人だって言うはずだ。これがおまえのかせぎさ。毎日、日暮《ひぐ》れには、おまえの目のまえで、この印をひとつ消してやるから、ほこらしく思うがいい。おまえが働いた成果だからな。おまえの両親もほこらしく思うだろう。わかったな？」

「はい、ご主人さま」あたしは、またそう答えたけれど、実はよくわかっていなかった。森の木々のようにびっしり書かれたなぞの印をながめても、印と自分の名前の区別すらつかず、どちらも同じように見えていた。

「印がぜんぶ消えて、石盤《せきばん》がすっかりきれいになれば、おまえは自由になって家に帰れるんだ」ご主人さまがつけくわえた。

でも、あたしは、自分の石盤《せきばん》も、いっしょにいたほかの子たちの石盤《せきばん》も、きれいになったのを見たことがない。

《ぼんくら》たちがカーテンのうしろのトイレからもどってきて、また織機《おりき》に鎖《くさり》でつながれると、こんどはあたしたちが自由に用を足しに行き、顔を水でピチャピ

チャ洗《あら》った。

トイレには、壁《かべ》の高いところにちいさな窓《まど》があって、アーモンドの木の枝《えだ》に花が咲《さ》いているのが見えた。あたしは毎日、一分間よけいにそこにいて、いきおいよく何度もとびあがった。すり切れた木の窓《まど》わくにつかまって身をもちあげ、外を見ようとしたのだ。

けれど、そのころ、あたしは十歳《さい》で、ちいさくてきゃしゃだったから——今でもそうだけど——窓《まど》わくのはしっこにさわることさえできなかった。それでも、毎日すこしずつ、高いところまでとどいた気がして——たんに気のせいか、もしかすると、ほんの一ミリくらいだったかもしれない——そのうち、きっと上までのぼって、窓《まど》から身を乗りだし、アーモンドの木にふれることができると思っていた。

どうしてそんな、なんにもならないばかなことを、いっしょうけんめいやっていたのかわからない。けれど、あのころは、自由のための一歩のような気がしていた。もちろん、窓《まど》からぬけだしたって、自由になんてなれはしない。どうせ、すぐ中庭で見つけられ、「汚《きたな》らしいひよっこのくせに！　恩《おん》知らずめが！」とさけびながら、ムチをふりまわすおくさまに、「お墓《はか》」のなかに三日か、もっと長いあいだ入れられるに決まっていた。それでも、あたしは毎朝、同じことをくりかえしていた。

フセイン・カーンのところでは、三年間働いていたけれど、あたしは一度も、「お墓《はか》」に入れられたことはなかった。最初は、ほかの子たちがうらやましがって、あたしはご主人さまのお気に入りだから罰《ばつ》を受けないんだ、と言われたこともあった。お気に入りなんかじゃない。あたしが罰《ばつ》を受けなかったのは、すばやくよく働き、あたえられるものを文句《もんく》を言わずに食べ、ご主人さまのまえでは、ほかの子みたいに口答えなんてしなかったから。

たしかに、ときどき、ご主人さまが近よってきて、みんなのまえであたしをなでたり、あたしのことを「ちっちゃなファティマ、おれのかわいいファティマ」とよぶことはあった。でも、そのあいだじゅう、あたしはブルブルふるえていてよくわからなかったし、怖《こわ》くて怖《こわ》くて、消えてなくなりたいと思っていた。ご主人さまのフセイン・カーンはでっぷりと太り、目はちいさくて、真っ黒い口ひげをはやしていた。あぶらぎった手のひらでさわられると、じっとりしたあとが残った。

工房《こうぼう》に来たばかりで、まだ夢《ゆめ》を見ていたころ、夢《ゆめ》にフセイン・カーンがでてくることがあった。暗闇《くらやみ》のなかを歩いてきて、織機《おりき》のわきのあたしのワラぶとんのところで立ち止まるのだ。重い息づかいと上着にしみついたタバコのにおいがして、ほこりだらけの土間をふみしめる音が聞こえた。そばによってきたご主人さまは、あたしをなでながら「かわいいファティマ」とささやいた。そんな夢《ゆめ》を見た翌朝《よくあさ》には、あたしは大部屋のおくの汚《きたな》いカーテンのうしろにかくれて、あぶらのあとがついていないか、からだじゅうを調べまわした。あとはついていなかった。あれは、怖《こわ》い思いをした子どもが見る、ただの悪夢《あくむ》だったのだ。

お日さまがのぼると、仕事がはじまる。おくさまが手を三回打つと、あたしたちはそれぞれの織機《おりき》のまえにすわり、それからすぐ、いっせいに機械を動かしはじめる。仕事中は、手を止めたり、おしゃべりをしたり、ぼんやりしたりしてはいけない。あたしたちは、たくさんある色糸のシャトルから、言いつけられたじゅうたんの模様《もよう》をつくるのに必要な糸を選び、ご主人さまがわきに貼《は》りつけた紙の模様《もよう》と合わせていく。

時間がたつにつれ、工房《こうぼう》には熱気とほこりがこもり、毛くずが舞《ま》いあがる。織機《おりき》の音は、目をさました街の声をおおうくらい、トゥン、トゥンと大きく鳴っていた。古い車や品物をのせたトラックのエンジン、起きぬけで足のもつれたロバのいななき、人びとのどなり声、お茶売りの声、近くの市場のざわめき。日が高くなるとともに騒音《そうおん》は大きくなり、ラホールの街には通りに人があふれてきて、あたしは腕《うで》と肩《かた》が痛《いた》くなる。ちらっとだけ、中庭に面したドアと太陽のほうに顔を向けるけれど、一日一回だけの休けいまであとどのくらいかはわからない。あたしの手と足は、もうくせになってひとりでに仕事をしていた。糸をつかみ、結び目をしめ、ペダルをふむ。何度も、何度も、同じことをくりかえす。水ぶくれができて痛《いた》くても、かまってはいられない。だって、夜にはご主人さまがやってきて、あたしの仕事をじろじろ調べて、ちゃんとできているか、ていねいに織《お》ってあるかたしかめ、それから、石盤《せきばん》の印を消してくれるのだから。一日の仕事につき、一ルピー分だけ……。

三年のあいだ、毎日消してもらっていたはずなのに、印はまだそこにぜんぶ残っているように見えた。少なくとも、あたしにはそんな気がしたし、ときには――そんなことはあるはずないのに――ふえているように思えることさえあった。石盤《せきばん》のチョークの印は、あの、ひと晩《ばん》のうちにかってにのびてきて収穫《しゅうかく》をだいなしにする、父さんの畑の悪い雑草《ざっそう》とはちがうはずだった。

お昼の休けい時間には、疲《つか》れてへとへとになったあたしたちは、中庭に這《は》いだしていった。お日さまの下で、井戸《いど》のまわりにすわって、野菜をそえたチャパティを食べ、水を飲んだ。あたしたちののどは、毛くずでいっぱいになっていた。ほんの数人、まだ元気の残っている子たちがいて、おしゃべりをしたり、笑ったり、木ぎれやそこらにあるもので遊んでいた。休けいは一時間だけ。おなかはもっと長い時間、ずっとすいたままなのに。それから、あたしたちはまた工房《こうぼう》にもどり、ご主人さまとおくさまは、午後の熱気からのがれて、家のなかにひきあげていった。

何時間かは、あたしたちを見張《みは》ることもなかった。逃《に》げだす勇気のある子はいなかったし、どの子も仕事をしないわけにはいかなかった。夕方には、ご主人さまが、昼間のあいだにやった仕事を、まき尺《じゃく》で最後の数ミリまできっちり測《はか》るのだから。仕事をしていなければ、一ルピーももらえない。あたしたちにはわかっていた。

三年間、あたしの人生はこんなふうにすぎていった。希望はなかった。ほかの子たちも――たぶん――希望などもてなかっただろう。

工房《こうぼう》に来たばかりのころは、よく家族のことや、母さんや兄弟のこと、家のこと、野原のこと、スキをひく水牛のこと、お祭りのときに食べたヒヨコマメの粉と砂糖《さとう》とアーモンドでつくったあまいお菓子《かし》のことなんかを考えた。けれど、それも最初の数か月だけ。ときがたつにつれ、想《おも》い出《で》も、長いあいだ使ったじゅうたんの糸のように、色あせていくだけだった。

そう、あの日――春のおわりだった――イクバルがあらわれるまでは。

そして、イクバルとともに自由がやってきた。

第2章
イクバル

イクバルがやってきた朝のことは、今でもはっきりと覚えている。夏がすぐそこまで来ていて、太陽は高く熱く、トタン板の工房《こうぼう》をじりじりと焦《こ》がしていた。戸口のすきまからさしこむ長い光のすじのなかで、ほこりの渦《うず》が舞《ま》っていた。そのなかに二本ほど、ちょうどじゅうたんの横糸と交差するすじがあって、あざやかな色が浮《う》かびあがり、あたしには、二本の剣《つるぎ》の刃《やいば》が、死にものぐるいで闘《たたか》っているように見えた。あたしは、一本は正義《せいぎ》のヒーローのもので、もう一本は悪者のものと決めた。織機《おりき》のペダルをふみながら、ほんの一瞬《いっしゅん》だけ、ヒーローの剣《つるぎ》が悪者を打ち負かすように動かしてみたけれど、でも、すぐにきびしい仕事にもどらなければならなかった。

カリムは十七歳《さい》に近く、じゅうたんの細くて繊細《せんさい》な結び目をより合わせるには、もう指がごつごつと太くなりすぎていたから、あたしたち子どもの監督役《かんとくやく》のようなことをしていた。映画《えいが》に二回行ったことがあると言っていた。映画《えいが》のなかでは、いつも長い試練のあとに、正義《せいぎ》のヒーローが勝つという。そうすれば、きれいな色の絹《きぬ》の服を着て、好きな女の子をお嫁《よめ》さんにくださいと申しこみに行っても、父親は反対したりしないで、喜んでくれるそうだ。なぜかというと、彼は命をかけて悪者をたおしたのだから。

カリムが映画《えいが》に行ったというのは——あたしたちには、そんな幸運は信じられなかったけれど——たぶんほんとうの話なんだろう。きげんのいい夜には、細かいところまでストーリーを話してくれたし、ぜんぶでっちあげられるほど、カリムに想像力《そうぞうりょく》があるはずはないもの。それは、長い長い、こみいったお話だった。カリムは気まぐれだったから、毎晩《まいばん》話す気になるわけではなく、ひとつめの映画《えいが》を話しおわるまで、二か月以上もかかった。最後まで行きついたときには、あたしたちは最初の部分を忘《わす》れてしまい、また初めから話してくれとたのんだりした。あたしも、いつか映画《えいが》に行けたらいいのに、と思っていた。父さんも母さんも、兄ちゃんも弟も、だれも行ったことはなかった。あたしたちは貧《まず》しすぎた。映画《えいが》は、街のお金持ちたちのもの。テレビも同じだった。

ご主人さまとおくさまはテレビをもっていた。夜、眠《ねむ》ろうとしているとき、フセイン・カーンの家からヘンな声が聞こえてきて、色のついた光が、窓《まど》のすだれをとおしてピカッと光った。そんなときには、やっぱりカリムが、一度なんか、窓《まど》のところまで這《は》っていってなかをのぞき、クリケットの試合を五分も見ていたんだと言っていた。

「クリケットってなに？」あたしは聞いた。

「うるさい、だまってな！」と、カリム。

でも、あたしは、これはカリムのつくり話だと思った。たしかに、カリムはご主人さまにとりいって、かってに監督役《かんとくやく》をしていたけれど、それは、ほかに行くところもなく、食べるあてもないから。ご主人さまの家のなかをのぞく勇気など、あるはずはなかった。ご主人さまの家に近づいたりしたら、たいへんなことになるんだから。

そんなことを考えながら、あたしはぼんやりしていた。糸が手からすりぬけそうになり、あわててつかみなおした。

日の光がさえぎられ、二本の剣《つるぎ》は闘《たたか》いをやめた。あたしたちは、いっせいにふりかえった。

ご主人さまがドアのところにいて、でっかいからだで戸口をふさいでいる。旅行の服を着ていて、上着は足元までとどき、ブーツには赤土がついていた。左手には袋《ふくろ》をひとつもち、右手は、あたしより二歳《さい》くらい大きい男の子の腕《うで》をにぎりしめている。痛《いた》そうなほど強くにぎっていた。

男の子はあまり背《せ》は高くなく、やせて、髪《かみ》の毛は黒っぽかった。ひと目見て、あたしはハンサムだと思った。それから、やっぱりちがうと思った。ただ、あの、今でも覚えている、あたしのイクバルの目をしていた。やさしくて深くて、怖《おそ》れを知らない目――。工房《こうぼう》の入口で、ご主人さまの大きな手に腕《うで》をギュッとつかまれたまま、じっとしている彼を、あたしたちみんな――そのときは十四人と監督役《かんとくやく》のカリム――が見つめていた。きっと、みんな同じことを考えていたと思う。これまでも、やってきたり、去っていったりした子はたくさんいた。けれど、あたしたちに加わるこの男の子は、まだよくわからないながら、どこかちがっていたのだ。彼はあたしたち一人ひとりを見ていた。もちろん、この子だって、長いあいだ家や両親やその愛情《あいじょう》から遠く離《はな》れていたのだろう。奴隷《どれい》よりほんのすこしましなくらいの身の上だ。未来がどうなるか、自分がどうなるかもわからない。ボールを追いかけたり、午後の市場をぶらついて露台《ろだい》のくだものをくすねたり、壁《かべ》に石をぶつけて遊んだりすることもない。きっと、かなしかったはずだ。

でも、なぜか、その子は怖《こわ》がっていなかった。

「なにを見てる?」ご主人さまがどなった。「仕事にもどるんだ」

あたしたちは、びくっとして織機《おりき》のほうに向きなおったけれど、肩《かた》ごしにそっと見ていた。ご主人さまは新しい男の子を、あたしのちょうどとなりの、あいた織機《おりき》のところにつれていき、足台の下から錆《さ》びた鎖《くさり》を引きだすと、その子の足につないだ。

「ここがおまえの場所だ」ご主人さまが言った。「ここで働くんだ。よく働けば……」

「わかっています」男の子が言った。

ご主人さまは、ちょっとのあいだあぜんとしていたけれど、やがていつもの石盤《せきばん》をとりだした。そこには、すでに印がめいっぱい書きこんであった。

「これがおまえの借金だ」と、はじめる。「毎晩《まいばん》、おれが……」

「わかっています」男の子は、また言った。

「いいだろう」ご主人さまが言う。「いいだろう、口のへらないやつめ。おまえの

まえの主人に、おまえはがんこでなまいきだと注意されたからな。ここではそうはいかないぞ。だが、その気になれば、おまえほどじょうずに織《お》るやつはいないそうだな。まあ、見てみようじゃないか、なあ」

ご主人さまは入口のほうにもどっていったが、戸口のところで立ち止まり、太い指でカリムを指さした。

「おまえ、ちゃんとあいつを見張《みは》るんだぞ！」どなり声をあげた。

カリムはうなずいたが、自信がなさそうだった。

新しい男の子は自分の場所にすわると、すぐに仕事をはじめた。あたしたちはあっけにとられ、しばらくだまったまま、その子をながめていた。あれほど速く織《お》れる子はいなかったし、だれも、あんなに正確《せいかく》にていねいに結び目をつくることはできなかった。その指は、あたしたちが見たことがないほどすごいスピードで、織《おり》機《き》のシャトルのあいだを飛びまわっていた。しかも、ご主人さまが、その子にわりあてた模様《もよう》は、一番むずかしいものだった。

あたしたちも、また仕事にもどった。だれもが、まちがいなく思ったのは、この男の子は、《ぼんくら》ではないってことだ。ぜったいにちがう。鎖《くさり》につながれたのは、そのためじゃない。

なにか別の理由があったのだ。

「名前は？」カリムがわざとぶっきらぼうな声で聞いた。

「イクバル」男の子が答えた。「イクバル・マシーだ」

第3章

売られた理由

その夜、ご主人さまが明かりを消し、寝静《ねしず》まったのをたしかめてから、あたしたちはこっそり寝床《ねどこ》をぬけだした。新しく来た子のところに、話を聞きに行ったのだ。万一にそなえて、ドアのところにはアリ――みんなのなかで一番ちいさな子――を見張《みは》りに立たせておいた。いっしょに来たのはカリム。監督《かんとく》の役目を忘《わす》れたわけではなかったけれど、好奇心《こうきしん》には逆《さか》らえなかったようだ。それから、サルマンという男の子。十歳《さい》くらいなのに、年よりおとなびて見える。南のほうのレンガ工場で、三年間も土をこねていたから、太陽と泥《どろ》のため、顔や手の皮膚《ひふ》にはでこぼこがあった。ぶっきらぼうだし、言いだしたら引かない乱暴《らんぼう》なところもあって、みんなからは、すこし怖《こわ》がられていた。それに、あたしより年下のマリアという女の子。小鳥のようにちっちゃくて、短く切った髪《かみ》に綿《めん》のスカーフをまいて、いつも頭をかくしていた。冬の初めにやってきたときから、だれも、言葉を話すのを聞いたことがなく、ほんとうにしゃべれないのかどうかも、わからなかった。マリアというのも、あたしたちがつけた名前だ。その子はすぐにそれを覚えた。織機《おりき》のわきで背中《せなか》を丸めて眠《ねむ》り、いつでもどこでも、あたしのあとを影《かげ》みたいにくっついてきた。

ほかの子たちは、疲《つか》れ果てていたためか、来たばかりの子の似《に》たような話を、聞く気がしないからか、寝《ね》ているほうがよかったようだ。あたしたちはみんな貧《まず》しかった。どの子の親も、地主や街の金持ちの商人たちから、お金を借りていた。その借金をすっかり払《はら》ってしまえるならと、あたしたちを売ったのだ。ご主人さまが、あたしたち一人ひとりの石盤《せきばん》にチョークで書いたのは、その金額《きんがく》だった。

売られた子の身の上なんて、変わりばえのしない話と決まっていた。

イクバルはまだ眠《ねむ》っていなかった。暗闇《くらやみ》のなかで、鎖《くさり》がチャリチャリ鳴るのが聞こえた。新しいところに来た最初の夜は、なぜだか眠《ねむ》れないものだ。みんな、二つか三つか、それ以上の工房《こうぼう》で働いていたから、よく知っていた。あたしたちは、みんなでイクバルのまわりをかこんだ。月はでていなくて、おたがいのからだの形が、やっと見わけられるくらいだった。

「アリ、ちゃんと見張《みは》っててよ」あたしたちはたのんだ。夜に騒《さわ》ぐと、ご主人さまはひどく怒《おこ》るのだ。眠《ねむ》っていないと、翌日《よくじつ》、あたしたちがぐずでのろまになり、ちゃんと働かなくなるからだと言っていた。

アリは「だいじょうぶ」という合図に、短い口笛をつづけて吹《ふ》いた。

イクバルが話しはじめた。

「ぼくの父さんは、朝早くから、畑仕事にでていたんだ。朝日が顔をだしたらすぐ、水牛にスキをとりつけた。その時間には、夏でも空気はまだひんやりと澄《す》んでいて、あたり一面、見わたすかぎり耕《たがや》した畑が広がっているんだ。そこでは、ほかの小作の家族が、ぼくたちと同じように仕事の準備《じゅんび》をしていた。ぼくは、母さんが用意してくれた水のビンとマメや野菜のお弁当《べんとう》を入れた袋《ふくろ》を背負《せお》って、父さんについていった。父さんの腕《うで》はやせて細かったけど、最初のうちは、スキの重さなんか感じないみたいに、軽々と耕《たがや》しているんだ。だけど、二時間もすると、だんだんゆっくりになってくる。赤っぽいほこりが髪《かみ》の毛をおおって、父さんの胸《むね》や顔から汗《あせ》が流れ落ちるのが見えたよ。土は石になってしまったみたいで、スキはさっきほど深くは掘《ほ》れなくなる。水牛も暑さで動きがにぶくなって、つらそうな鳴き声をあげるんだ。

　正午から三時にかけては、太陽がきびしく照りつけるから、仕事をするには暑すぎる。灼《や》けつくような熱気と立ちのぼるかげろうで、まわりの世界が消えていくような気がするんだ。ぼくたちは木の影《かげ》にかくれて、ヒヨコマメを食べ、ぬるくなった水を飲んだ。イライラした水牛が、虫を払《はら》いのけようとして、しっぽをピシャピシャ打っていた。

『ここはありがたい土地だ』って、父さんは言ってた。『実り多いよい土だし、うるおっている。見てみな、あんなによく育って。ここでは種さえまけば、神のおめぐみで、一家がいつまでも豊《ゆた》かにくらせるんだ。覚えておきな、イクバル』

『はい、父さん』って、ぼくは答えた。でも、ぼくの家は豊《ゆた》かじゃなかった。食べ物は足りたことはなかったし、兄さんは、いつも咳《せき》をしていて、ぐあいがよくなかった。育てた小麦もカラス麦も野菜も、収穫《しゅうかく》の日に馬車にのせられていってしまう。うちの小屋には、炉《ろ》ばたにくだけた麦の袋《ふくろ》がひとつと、乾燥《かんそう》したヒヨコマメの袋《ふくろ》がひとつきり。

一度、父さんに、『どうしてそうなるの？』って聞いたんだ。『ぜんぶ、地主さまのものだからだ』って、父さんは言った。『それって、おかしくない？』と聞くと、『地主さまだからなあ。で、おれたちはなんなんだろうな』って」

「おれのおやじもそう言ってたな」サルマンが口をはさんだ。「けど、地主はケチで悪いやつだとも言ってたし、夜、小屋にもどってから、ひどい悪態《あくたい》をつくこともあったぜ。すると、おふくろは、ふるえながらたのむのさ。『お願いだから、やめて！　もし、地主さまの耳に入りでもしたら……』って。地主は、なんでもお見通しで、地獄耳《じごくみみ》だって思ってんだぜ。まったく、女なんて、なにもわかってないんだからな！」と、ばかにしたようにしめくくった。

あたしは言いかえしてやりたかった。サルマンは、女はみんなばかで役立たずだと思っているのだ。あたしは女だけど、サルマンと同じだけ、ときにはそれ以上働いていた。けれど、サルマンは気むずかしくて、言いかえされるのが好きじゃなかったから、あたしはだまっていた。サルマンは、ほんとうにきかん気が強かった。一度、丸二日も「お墓《はか》」に入れられたときなんか、熱気にやられ、サソリに刺《さ》されていたのに、地上にでてくるなり、「こんなの、どうってことないさ」と言っていた。

サルマンに言わせれば、レンガ工場にくらべたらなにもかも、「どうってことない」のだ。でも、レンガ工場がどんなだったかは、けっして話そうとはしなかった。あたしには想像《そうぞう》もできないけれど、よっぽどひどいところみたいだ。レンガ工場の持ち主にだけは、売られないようにと祈《いの》っていた。そんなことになったら、どうしたらいいだろう？

「ご主人さまのことを悪く言っちゃだめだ」カリムがえらそうに言った。「ご主人さまがいなかったら、ぼくたちはどうなる？　ぼくたちを養い、守ってくださってるのは、ご主人さまじゃないか。家族の借金を払《はら》うために、働かせてくださってるんだぞ」

「ああ、そうかい」サルマンが、あいかわらずこばかにしたように言った。「そのありがたいご主人さまが、もうすぐ、役に立たなくなったおまえを追いだしてくれるぜ。おまえは街をさまよって物乞《ものご》いをすることになるだろうよ」

「そんなことあるもんか」カリムが言いかえした。「ご主人さまは、ぼくが忠実《ちゅうじつ》だってごぞんじだ。ぼくのことが必要なんだ！」

「そうだろうよ、スパイをさせるためにな」

二人が暗闇《くらやみ》のなかでとっ組み合いをはじめるんじゃないかと思った。サルマンの言うことは正しかった。カリムはいつだって、工房《こうぼう》のなかで起こったことや言ったことをぜんぶ、ご主人さまに言いつけかねなかった。でも、ときどきだけど、あたしたちの味方に思えることもあって、あたしには、カリムがよくわからなかった。

「ぼくの父さんは、善良《ぜんりょう》な人なんだ」イクバルが言った。「だれの悪口も言ったことはないし、いつも、自分の運命を受け入れていた。兄さんのぐあいがひどくなって、夜じゅう咳《せき》が止まらず、うめき声をあげるようになったときも、父さんは泣きごとひとつ言わないで、村までお医者をよびにやったんだ。眼鏡《めがね》をかけたお医者さんは、ワラぶとんのわきにうずくまり、カバンのなかから道具をとりだして、まず胸《むね》のなか、それから背中《せなか》のなかの音を聴《き》いていた。それから、だまって首を横にふったんだ」

「それなら、知ってる。ぼくも見たことがある」カリムが言った。

「お医者さんは、父さんと小声で話し、ぼうしと竹のつえをもつと、そのまま帰っていったんだ。母さんは泣いていた。子どもが死んじゃうのは、これが初めてじゃなかったからね。次の朝、水牛にスキをとりつけながら、父さんはぼくに言った。お医者さんが、こんどは薬をもってきてくれるから、兄さんは助かるだろうって。そのとおり、お医者さんがまた来たんだけど、そのときは、商人か地主さんのような、りっぱな服を着た男の人もいて、父さんと話をしていた。そのうち、その人は、腰《こし》にまいた帯から大きな袋《ふくろ》をとりだし、入っていたお金をつかんで、父さんにさしだしたんだ。父さんは首を横にふって、『いいえ』と答えた」

「お兄さんはどうなったの？」あたしは聞いた。

「よくならなかった。昼も夜もずっと、うわごとを言ってた。父さんには、もう、だれも畑仕事を手伝う者がいなくなったんだ。ぼくはまだちいさすぎて、弱かったからね。父さんは母さんと長いこと話をしていた。それから、水牛にまたがって村まででかけたんだ。夕方になってもどってくると、着がえもせずにクワをもって畑に行き、暗くなるまで働いていた。父さんは、あえぎながら帰ってきた。晩《ばん》ごはんも食べずに、ぼくを炉《ろ》ばたによぶと、このまえ来たあの男の人が、たくさんのお金——二十七ドル。何ルピーになるか計算しようとしたけど、ぼくにはできなかった——を貸《か》してくれたって言ったんだ。そのお金で家族は次の収穫《しゅうかく》までくらせるし、兄さんは別の薬をもらえて、運がよければ治るだろうって。ぼくは、家族を助けて借金を返すために働かなきゃならないって、言われた。何か月も会えなくなるけど、じゅうたん織《お》りを習っておけば、将来《しょうらい》役に立つかもしれないからって」

「あたしの父さんにも借金があったの」暗闇《くらやみ》のなかで、あたしはぽつりとつぶやいた。「土手がこわれちゃって、収穫《しゅうかく》がだいなしになったから」

「ぼくの父さんにも借金があった」カリムが言った。「でも、理由は知らない」

イクバルがつづけた。「父さんは、ぼくの代わりに姉さんか妹をやることもできるって言ってた。

『いや、ぼくをやって』って答えたら、父さんはぼくをだきしめて『怖《こわ》いか』って聞いた。『ううん』って、ぼくはウソをついたんだ。

翌日《よくじつ》には、じゅうたん工房《こうぼう》のご主人が、自動車に乗ってやってきた。とてもやさしそうで、母さんにも親切だった。ぼくには、『おまえを街につれてってやろう、きっと気に入るぞ』って、言ったんだ。つれて行かれるとき、最後に車のうしろの窓《まど》から見えたのは、父さんだった。水牛を畑にひっぱっていきながら、血がでるくらいムチを打ってた。かわいそうに、はり裂《さ》けそうな牛の鳴き声が、今でも耳に残ってるよ」

ちょっとのあいだ、沈黙《ちんもく》がつづいた。

「ああ、でも」やっと、カリムが口をひらいた。「おまえは、父親の借金を返すのに長くはかからないさ。ぼくはたくさんの子を見てきてるから、わかるんだ。おまえみたいにじょうずに、すばやく織《お》れるやつはいない。お日さまが山の雪を消してしまうみたいに、石盤《せきばん》の印を消してしまえるさ」

暗闇《くらやみ》のなかで、一瞬《いっしゅん》、イクバルの白い歯が光り、笑っているように見えた。

「借金がなくなることはないんだ」ゆっくり言った。「いくらじょうずでも、よくできても、すばやくても」

「おまえ、頭がおかしいんじゃないか」サルマンがどなった。「そんな意地の悪いことを言って、おれたちをおどかすつもりなんだろう。毎晩《まいばん》、ご主人さまが印をひとつ消していって、印がなくなったら家に帰れるんだ。レンガ工場だってそうだったんだぞ！

おれたちは、一日一〇〇〇個《こ》のレンガをつくらされたんだ。一〇〇〇個《こ》で一〇〇ルピーもらえるんだぜ。家族みんなが働いてたんだ。姉ちゃんたちもだ」

「で、借金は返せたの？」イクバルが聞いた。

「い、いや」サルマンが口ごもった。「だから、なんだってんだ。雨の日もあったし、砂《すな》の多い土だとよくこねられないんだ。窯《かま》からだしたときに、レンガがこわれてしまうことだってあるし。運が悪くて……」

「だれか、借金が消えた子を見たことある？」新入りの男の子は、また聞いた。

闇《やみ》のなかで、マリアのからだがぴったりくっついてきた。マリアの耳は聞こえていて、話がわかっているのだろうか。もちろん、あたしにはイクバルが言っていることがわかった。借金がなくならないなんて――。入ってきたばかりの子に、そんなことを言われて、あたしは気分が悪かった。「でたらめよ、ウソつき！」って、さけびたかったけれど、なぜだかイクバルはウソをつくような子じゃない気がしていた。

「ない」

「ぼくも、ない」

「あたしも、ないわ」

あたしたちは、口ぐちに答えていった。だれひとり、借金を払《はら》ってしまった子を見たことはなかった。

「けど……」サルマンがやりかえそうとした。

そのとき、ドアのところに立って見張《みは》りをしながら、ずっと話を聞いていたアリが、二回、はっきりと長い口笛を吹《ふ》いた。警告《けいこく》だ。みんな自分の寝床《ねどこ》にもどって、ワラぶとんに身をすべりこませた。あたしは、からだをあっちに向けたり、こっちに向けたりして、眠《ねむ》ろうとしたけれど、眠《ねむ》れなかった。しばらくしてから、土間を這《は》って、あの男の子のところまで行った。イクバルもまだ目をさましていた。あたしは、ほかの子に聞こえないように、暗闇《くらやみ》のなかで彼の耳をさがした。

「なにが言いたかったの?」あたしはぷりぷりしながら聞いた。「あたしたちがここからでていけないなんて。もう、家には帰れないってこと?」

「きみはだれ?」と、イクバル。

「あたしはファティマ」

イクバルはちょっとのあいだ、だまってなにか考えていた。

それから、「ファティマ、秘密《ひみつ》を守れる?」とささやいた。

「もちろんよ、見そこなわないで」

「じゃあ、きみには話せる」もっと、声をちいさくして言った。「だいじょうぶ、ここからでられるよ」

「さっき、借金を払《はら》いおわることはないって、言ってたくせに」

「そうさ、でも、そうやってここからでるんじゃないんだ」

「じゃあ、どうやって？　ご主人さまが言ってたとおりね。口のへらないやつだって」

「逃《に》げるんだ！」

「頭がおかしいんじゃない？」

「ぼくはおかしくなんかないよ。逃《に》げるんだ。きみも、ぼくといっしょにくるんだよ」

あたしは、まだイクバルのことをよく知らなかった。ただのほら吹《ふ》きかもしれなかったし、ほんとうに頭がおかしいのかもしれなかった。それでも、彼を信じた。

あたしはワラぶとんにもどり、その夜は、寝返《ねがえ》りばかり打っていた。イクバルの言

葉を、頭のなかから追い払《はら》うことができなかったのだ。それは馬にたかるハエより
もしつこかった。
「逃《に》げるんだ！」

第4章

借金はなくならない？

一か月以上たったけれど、新しいことはなにも起こらなかった。

夏になり、暑さはますますきびしく、仕事はもっとつらくなっていた。

ご主人さまは、もみ手をしながら、落ちつきなく工房《こうぼう》をうろついていた。神や預《よ》言者《げんしゃ》の名をむなしくさけんだり、だれかれかまわず、おどしたり、誓《ちか》いの言葉を言わせたり、べたつく手でなでたり、ぴしゃりと平手打ちをくらわせたりした。何年もいる一番なれた子たちは、ご主人さまがどうしてそわそわ落ちつかないのか、よくわかっていた。もうすぐ、たぶん外国からお客さんが来るからだ。ご主人さまは、あたしたちが織《お》っているじゅうたんが、大切なお客さんの気に入るかどうか、美しく、かんぺきかどうか、心配になっていたのだ。

ご主人さまは、あたしたちのことを「おちびちゃん」とか「ひよっこたち」とよんでみたり、ときには「おれの大切な子どもたち」とまで言ったりした。かと思えば、あたしたちが、食べるものもない貧《まず》しいくらしからのがれ、なんとか生きていられるのは、ぜんぶ自分のおかげだと、恩《おん》に着せた。

「おれを破滅《はめつ》させないでくれ、おれの破滅《はめつ》はおまえたちの破滅《はめつ》なんだぞ」とすがるような言い方をしては、ムチ打ちや「お墓《はか》」行きなど、ひどい罰《ばつ》をちらつかせておどしつづけた。実際《じっさい》、お客さんが来るまえの時期には、ちょっとミスをしただけで、かんたんに「お墓《はか》」に入れられてしまうのだ。

一日じゅう働きづめのあたしたちは、夜になるとぐったりして、指先は糸で切れて血に染《そ》まっていた。

ご主人さまの怒《いか》りを一番怖《おそ》れていたのは、カリムだ。ご主人さまに追いだされたら、どうやって生きていくのだろう。カリムには、帰る家も家族もないのだ。市場のすみっこで、信心深い人たちに、食べ物をめぐんでもらうしかない。だから、カリムはご主人さまのスパイと言われても、監督役《かんとくやく》にしがみついていた。昼間のあいだは、あたしたちが仕事中にちょっと頭をあげただけでも、カリムはどなり声を浴びせた。

けれど、夜になると、あたしたちの涙《なみだ》と、傷《きず》ついた指を見てかわいそうに思うのか、カリムは自分のハンモックから起きだしてきた。どいつもこいつも、ひ弱で役立たずだ、とぶつぶつ言いながら、おおいをつけたランプを灯《とも》し、どこで手に入れたのやら、大きな缶《かん》に手をつっこみ、傷口《きずぐち》にぬる軟膏《なんこう》をわけてくれた。

あたしたちの多くは、彼のスパイのおかげで罰《ばつ》を受けていたのに、カリムのことを悪いやつではないと思い直したりもしていた。あたしたちは、みんなカリムの身の上を知っていた。

七歳《さい》とちょっとのとき、フセイン・カーンに売りわたされ、それからの人生はずっと工房《こうぼう》のなかにいたから、工房《こうぼう》が彼の家になってしまっていた。あたしたちと同じように働かされ、同じように涙《なみだ》を流したり、「お墓《はか》」に入れられたりしたのに、いつのまにか、ご主人さまになついてしまったようだ。けれど、カリムは――あたしたちみんなと同じで――自分の身の上を選ぶことができなかっただけなのだ。今では、じゅうたんを織《お》るには大きくなりすぎて、役立たずになってしまったから、古くなって穴《あな》のあいたくつみたいに、放《ほう》りだされるのを、ただ怖《おそ》れているだけだった。

あたしたちは、カリムのせいで罰《ばつ》を受けたときには彼を憎《にく》んだけれど、どこかで、彼の運命は、いつかあたしたちの運命になるかもしれないと、わかっていた。そのころは、未来のことを考えることなど、ほとんどなかったというのに。

あの強迫《きょうはく》の嵐《あらし》のなかで、ただ一人、大目に見られていたのはイクバルだった。ご主人さまは、彼にはめったに小言を言わなかったけれど、かといって、べたつく手でウソっぽくなでてやることもなかった。たいていは、イクバルの織機《おりき》のまえを通りながら、どこまで仕事が進んでいるか目を光らせるだけで、なにも言わなかった。イクバルのほうもご主人さまを無視《むし》していた。仕事から気をそらすことはなく、ほかの子のように泣いたり、なげいたり、ご主人さまが背《せ》を向けたすきにブーイングしたり、ヘンなしぐさをすることもなかった。

「見てみな、鎖《くさり》につながれて、弱っちまってるよ」子どもたちのだれかが言った。

「ちがうよ」別の子が言う。「あいつ、ご主人さまのいい子になりたいんだ」

あたしには、イクバルがそんな子じゃないって、わかっていた。でも、イクバルは、悪口を気にすることもなく、からかう子たちに言いかえすこともなかった。あたしたちはみんな同じ運命で、同じ生活をしていたのだから、ひとつにまとまるべきだったのかもしれない。けれど、そんなことは思いつきもしないで、ケンカばかりしては、いくつかのグループにわかれていた。大きなグループは、ちいさなグループを利用したり、いじめたりした。それでなにかが変わって、ここでのくらしが楽になるわけでもないのに。

「ほっとけばいいさ」イクバルはそう言うだけだった。

ある日のことだ。お昼の休けいの時間に、灼《や》けついた中庭でひと息つこうとしていると、カリムが話をはじめた。ご主人さまからなにか聞いてきたらしい。打ち明け話をするときの、もったいぶった言い方だった。

「ぼくたちは、新しい友だちをていねいに扱《あつか》わなきゃいけない」イクバルのほうを指して言った。「こいつは特別なんだ。貴重《きちょう》な存在《そんざい》なのさ。ご主人さまがほかの工房主《こうぼうぬし》にそう言ってるのを聞いたんだ」

みんなは、いっせいにカリムのほうを向いた。

「なにが特別なの？」

カリムは、「ぼくは知ってるけど、秘密《ひみつ》なんだ」というそぶりをしながら、注目がすっかり自分に集まるのを待っていた。それから、あたりを見まわし、あたしたちのほかに、だれも聞いていないことをたしかめると、肩《かた》をゆすってほこりのなかにつばを吐《は》き、声を低くして、やっと聞こえるくらいの小声で言った。

「あいつが織《お》ってるじゅうたんは、おまえたちが織《お》ってるのとはちがう。ちがうんだぞ。あれは《青いブカラ》だ。聞いたことがあるか？　ものすごい値打《ねう》ちがあって、一年に二枚《まい》か三枚《まい》しか織《お》れないじゅうたんなんだぞ。ご主人さまがそう言うのを、ぼくはこの耳で聞いたんだ。だれにでも織《お》れるものじゃない。ア、ア、ア、ア、アーティ、ィ、ィ、ストじゃなきゃだめなんだ」

カリムは言葉を切って、またつばを吐《は》いた。

「つまり、ここにいるぼくらの友だちは、ア、ア、アーティ、ィ、ストなんだ。そんなことだれも知らなかっただろ？」

十五人の目が、いっせいにイクバルを見つめた。

「ほんとう？」みんなが聞いた。

イクバルは、ヒツジを焼くときに入れる、辛《から》いトウガラシみたいに赤くなっていた。

「ぼくは知らないよ」イクバルは口ごもった。

「いや、知ってるはずさ」カリムが口をはさんだ。「だって、こいつは、まえにも一枚織《まいお》ったことがあるんだ。ご主人さまがそう言ってたんだ、言ってたんだから」

「ほんとう？」

「ほんとう？」

みんなが口ぐちに聞いた。

「ここにくるまえ、三人のご主人についてたけど」イクバルが答えた。「たしか、その一人のところで、今やってるのと同じようなじゅうたんを織《お》ったことはあるよ」

「どうやって織《お》ったの？」

「わからないよ。ただ、わたされた模様《もよう》をまねしただけさ」

あたしたちは、ちょっとのあいだだまって、このニュースの意味を考えていた。

「で、でも、もし、そうなら」家族といっしょにインドから逃《に》げてきたという、男の子が、つっかえながら言った。「ま、まえのご主人は、な、なんで、おまえを、売ったりしたんだい？」

「知らない」イクバルは、また口ごもった。こまっているみたいで、カリムにそんな話をされても、ちっともうれしくなさそうだった。

「じゃあ、カリムが答えてよ。なんでも知ってるんでしょ。そんなにじょうずに織《お》れるのに、なんでご主人はイクバルを売ったりしたの？」

「知ってるけど」カリムはえらそうなそぶりを見せた。「おまえたちには言えない。ご主人さまはぼくを信頼《しんらい》してくださっているから、秘密《ひみつ》の話をぺらぺらしゃべるわけにはいかないんだ」

「ブー！」

「ウソつき！」

「いいかげんなことばっかり！」

あたしたちが、いっせいにカリムをけなしたので、さすがのうぬぼれ屋もムッとしていた。

みんなの声が静まると、それまで井戸《いど》のふちにすわっていた、肌《はだ》の色が黒っぽい男の子が立ちあがって、一歩まえに進みでた。南のほうから来た子で、海を見たことがあるという。

「でも、そんなら」と言いだす。「そんなら、ご主人さまは、石盤《せきばん》の印をぜんぶ消してくれるよ。そのじゅうたんは、ものすごい値打《ねう》ちがあるんだろ？　だったら、借金はすぐなくなるさ」

あたしたちは、うなずき合った。こんな幸運は今まで見たこともなかった。

「そのとおりだ」カリムが大声で言った。

「おまえたちにもわかるだろう？　ご主人さまが、イクバルが予定どおり仕事を仕上げるか、じょうずに織《お》れるか、失敗してじゅうたんをだいなしにしやしないかって、気をもんでらっしゃるのが。こいつのじゅうたんは、特別なんだ。借金は消してくださるさ。フセインさまは、正直でやさしいご主人さまだからな」

ご主人さまが、正直でやさしいなんて、だれも思っていなかったけれど、あたしたちは、今までとはちがううらやましそうな目で、イクバルをながめた。イクバルならやるかもしれない。

「借金はなくならない」イクバルがゆっくりと言った。「まえのご主人のところでもそうだった。借金が消えることはないんだ」

「そんなばかな！」

「なに言ってるんだ！」

「おまえなんか、だまれ！」

みんなムキになって、いっせいに声をあげた。

それじゃあ、あたしたちにはどんな希望があるの？　なんのために夜明けから日《ひ》暮《ぐ》れまで働いてるの？　イクバルのいじわる！　一番あとから来て、みんなより運にめぐまれてるくせに、あたしたちをからかったりするなんて！

最初の夜に話をしたサルマンとアリでさえ、イクバルがでたらめを言っていると思った。どうせ、あいつは自由になれるとわかっているからなのだと。

「ウソつき！」泣きそうになりながら、アリがさけんだ。

サルマンは怒《いか》りでふるえていた。


それから、みんなはイクバルのことをさけるようになった。あいつはうぬぼれ屋で、カリムと同じように、ご主人さまの味方をしていると言う子もいた。

あたしはイクバルをかばいたかった。でも、女の子の言うことなんて、だれも相手にしてくれるはずがなかった。

ほとんど毎晩《まいばん》、眠《ねむ》りにつくまえに、あたしはとなりのイクバルのワラぶとんのところまですべっていって、ちょっとだけおしゃべりをすることにしていた。イクバルに対する悪口など信じていなかったし、もし、ほんとうに、ご主人さまが彼の借金を消してくれるとしたら、それは、イクバルのためにいいことだと思った。

あたしたちは、暗闇《くらやみ》のなか、五十センチほど離《はな》れてすわり、街の音を聴《き》いていた。

車の流れがとぎれることはなかったけれど、その音がちょっとだけくぐもって、弱くなるときがある。すると、夜ふけだというのに、とつぜん、どなり声が聞こえてきたりする。禁酒《きんしゅ》の掟《おきて》を守らない酔《よ》っぱらいが金切り声をだすこともあったし、ほかにも、なんなのか想像《そうぞう》もつかない奇妙《きみょう》な物音がして、そのたびにビクリとした。

あたしやイクバルが生まれ育った田舎《いなか》では、夜の静けさをやぶる音にはぜんぶ名前がついていた。音の正体は、みなおなじみのよく知っているものだった。夜中に狩《か》りをする鳥や、手綱《たづな》をとかれた水牛、においをかぎまわってうろつく野良犬《のらいぬ》、それに、眠《ねむ》らない精霊《せいれい》たちの通りすぎる音も聞こえた。翌朝《よくあさ》には、樹《き》の皮をひっかいたあとが見つかる。けれど、あたしたちは、精霊《せいれい》すら怖《こわ》いとは思ったことがなかった。だって、目に見えなくたって、みんなこの世界の一部なのだから。

けれど、街のことはよくわかっていなかった。あたしたちが家族から引き離《はな》されたり、別の場所に移動《いどう》するときに、幌《ほろ》つきのトラックから、ちょっとだけ、わけもわからずのぞき見ただけなのだ。

あたしは、人ごみのことをよく覚えていた。生まれてから一度も見たことがないほどたくさんの人が、あっちからこっちへ、こっちからあっちへと走りまわっていて、あたしには、ほんとうはどこへ行けばいいのか、だれもわかっていないように思えた。

イクバルは、バスを忘《わす》れられなかった。パキスタンの街を走っているのは、大きくてピカピカ光るカラフルなバスで、たくさんのライトとクロムメッキで飾《かざ》られている。水牛の群《む》れぜんぶが一度に鳴いたみたいなものすごい音のするラッパを鳴らして、混雑《こんざつ》した通りをかきわけて進んでいく。そんなのを見たのは、初めてだったという。

「ぼくはね」イクバルが言った。「あのバスに乗って、窓《まど》ぎわにすわったまま、街じゅうを見てまわりたいんだ。二周はしたいな。そして、街をかけまわっている人たちがどこへ行くのか、見てみたい」

「あたしは、ちがう」あたしは言いかえした。「映画《えいが》に行くほうがいいな。ときどきカリムが話してくれる、愛の物語を見たいの。映画《えいが》のストーリーや俳優《はいゆう》さんの顔を描《えが》いた大きなポスターがあるのよ。俳優《はいゆう》さんのなかにはすごく有名な人もいて、街を歩いていてもわかるくらいなんだから」

「俳優《はいゆう》は街なんか歩かないよ」

「なんでそんなことがわかるの？　歩く人だっているわよ」

二人でそんな言い合いをしたり、かと思えば、家族の話をすることもあった。まだ覚えていることも、もう忘《わす》れてしまって、たぶん、二度と思いださないこともぜんぶ。あたしには父さんの記憶《きおく》はなく、ただ、ぼんやりした母さんの顔を思いだすだけだった。イクバルのほうは、住んでいたそまつな家の家具の置き場所から、父親が毎朝夜明けまえにからだを洗《あら》いに小川に下りていって、ぬれた髪《かみ》のまま、家畜《かちく》小屋に入っていくようすまで、なんでも覚えていた。

そして、毎晩《まいばん》、眠《ねむ》るまえにあたしに話をして、記憶《きおく》を一つひとつ、しつこくたしかめ、忘《わす》れてしまわないようにしていた。

「そんなことして、どうするの？」あたしは聞いた。

「助けになるんだ」

「なんの？」

「ここから逃《に》げだすための」

そう、この逃《に》げるっていう話は、ずっとしないようにしていた。イクバルをこまらせたくなかったのだ。最初の夜に、イクバルがあんな話をしたのは、自分を安心させたかったからで、本気じゃないと思っていた。もしかすると、知らない子をドキッとさせたかったのかもしれないし、逃《に》げられると思いこむことで、気分がよくなるからかもしれなかった。あたしは、「別に悪いことじゃない」と思っていた。

でも、「もしほんとうだったら！」と考えることもあった。借金が消えないというのがほんとうで、本気で逃《に》げだすつもりだとしたら……。

けれど、逃《に》げるためには行くあてが必要だし、なにも知らない怖《こわ》い街にでたって、どうすればいいだろう？　あの、名前も正体もわからない騒音《そうおん》のなかで、だれがあたしの面倒《めんどう》をみてくれるの？　おそろしい目にあうくらいなら、一生、フセイン・カーンといるほうがましかもしれない。といっても、カリムのように、スパイはしないけど。

毎朝、どんなにいっしょうけんめいにやっても、たぶん、あたしには、トイレの窓《まど》わくにさわることはできなかっただろう。ほんとうは、さわるのが怖《こわ》かったのだから。

それにしても、今に特別なじゅうたんを織《お》りあげて、自由にしてもらえるイクバルが、なんで逃《に》げなきゃならないんだろう？　そんなことするなんて、ばかみたい。

だから、あたしはなにも言わなかった。

三日後には、外国のお客さんが来ることになっていた。

そして、その日の朝、あたしたちがトイレにならんでいるあいだに、イクバルは事件《じけん》を起こした。

第5章 反逆《はんぎゃく》

特別な日だった。朝からお祭りの日のような、よそゆきの空気がただよっていた。外国のお客さんが来ると、ご主人さまはあたしたちを、いつもみたいにひどく扱《あつか》うことはできない。お客さんには、あたしたちが幸せで、仕事にも満足しているのだと、信じこませなければならなかった。

「この子たちは、わたしのかわいい弟子なんです」ご主人さまは、あっちこっち、みんなをなでながら言っていた。「わたしのもとで、将来《しょうらい》を保証《ほしょう》してくれる、まっとうな仕事を覚えてるんです。ここにいれば、おなかをすかせたみじめな生活をすることもない。実際《じっさい》、わたしにとっては、わが子のようなもんですよ」

お客さんたちが、ご主人さまの言うことを、ほんとうに信じていたかどうかはわからない。外国の人はヘンな人たちだ。たいていは男の人で、りっぱな服を着ていたけれど、冷たい目をしていた。ときには女の人もいた。恥《は》ずかしげもなく足や手をむきだしにし、髪《かみ》の毛からいいにおいをさせて、あたしたちを見ると、笑顔《えがお》を浮《う》かべながら「まあ、なんてかわいい子どもたちなの！」と、声をあげるのだ。

あたしたちが、そんなにかわいかったかどうか、あたしにはよくわからない。

とにかく、その朝は、いつもよりたっぷり朝ごはんをもらい——それだけで、あたしたちはいい気分になっていた——だれかが、ふざけて《天国へのとびら》とよんでいたトイレの汚《きたな》いカーテンのまえで、列をつくりながら、いつになくはしゃいで、笑ったりおしゃべりしたりしていた。

《ぼんくら》は、もう用をすませていた。外国のお客さんたちのおかげで、その日は鎖《くさり》につながれることもなかった。あたしたちは、たがいに押《お》したりつついたりしながら、順番を待っていた。

「ほらほら、いい子にしなさいね！」おくさまがさけんでいた。けれど、いつもとは声までちがって、怖《こわ》くはなかった。ご主人さまも、ふだんなら仕事をはじめてだいぶたったころ、ズボンを引っぱりあげながらすがたをあらわすのに、その日はもう起きてきて、落ちつかないようすで、汗《あせ》をかきかきしゃべりつづけていた。

カリムはなにかまちがいが起こって、自分のせいにされるのではないかと、おびえていた。織《お》りあがったじゅうたんは倉庫に準備《じゅんび》されていたし、織《お》りかけのものは、織機《おりき》にかけたまま展示《てんじ》されている。工房《こうぼう》じゅうが、お祭りのように、はなやいでいた。

あたしは、服のすそにちいさなマリアをくっつけ、アリのひじ鉄やサルマンがつねってくるのをかわしながら、順番を待っていた。胸《むね》のなかで風が吹《ふ》いているような、ヘンな気持ちがしていた。今朝なら、きっと——空を飛ぶみたいに——高くジャンプして、とうとうトイレの上の窓《まど》のふちをつかむことができる気がしていた。

イクバルがあんなことをするなんて、だれも思っていなかった。

イクバルはトイレを待つ列にはならばず、自分の織機《おりき》のわきにいたけれど、だれも気にはしていなかった。そのころ、みんなはうらやましがって、イクバルをさけていたのだ。しばらくまえから、ご主人さまが鎖《くさり》をはずしたことも、特別扱《あつか》いの証《しょう》拠《こ》だと思われていた。イクバルも、考えこむようなことでもあるのか、ひとりでいることが多かった。

その朝、けっきょく、あたしはトイレに入らなかった。だから、アーモンドの枝《えだ》の見える窓《まど》には、やっぱり手がとどかないままだった。


何年もまえのできごとなのに、細かい部分まで、まるできのう起こったことのように、はっきり正確《せいかく》に思いだすことができるなんて、おかしなものだ。あたしの目には、まだあの光景が見えて、今でも胸《むね》がドキドキする。

ご主人さまは、イライラと落ちつかないようすで、あたしたちの列にそって行ったり来たりしていたけれど、とつぜん、立ち止まった。手も動かなくなり、顔がみるみる真っ青になっていった。あたしたちの肩《かた》ごしに、なにかを見ていた。目を大きく見ひらき、口をゆっくりあけると、なかからタバコで黒ずんだ歯がのぞいていた。

あたしたちは、大きな手で頭をつかまれ、首をむりやり回されたみたいに、いっせいにふりむいた。

ああ――。あの光景を忘《わす》れることは、けっしてないだろう。

イクバルの織機《おりき》には、あの見たこともない複雑《ふくざつ》な花の模様《もよう》の、青いじゅうたんがかけられていた。三分の一ほどできあがっていて、外国のお客さんたちは、このみごとなじゅうたんに夢中《むちゅう》になるはずだった。

青いじゅうたんのわきにはイクバルが立っていた。やはり真っ青な顔をしていたけれど、ご主人さまほどではなかった。イクバルは、糸を切るときに使うナイフをにぎりしめ、頭の上にかかげると、あたしたち一人ひとりを見つめた。それから静かに向きなおると、じゅうたんを上から下にまっぷたつに切り裂《さ》いた。

ジリリリリリリリリリ……。にぶい音がひびきわたった。

「だめ！」あたしは思った。「だめよ！」でも、声にはならなかった。

おそろしいほどの静けさのなかを、切れた糸くずが舞《ま》いおりていった。

フセイン・カーンは、傷《きず》ついた豚《ぶた》のような悲鳴をあげた。おくさまもさけび声をあげた。カリムも悲鳴をあげた。ご主人さまのすることは、なんでもまねをするのだ。あたしたちは三人が工房《こうぼう》へ走っていくのを見ていた。ほこりや糸くずがまきあがる。三人とも、足がもつれてころびそうになり、まともなイスラム信者ならけっして言わないようなののしりの言葉を吐《は》きながら、走っても走ってもたどりつけない夢《ゆめ》のなかのように、のろのろと進んでいった。

三人につかまってナイフをとりあげられるまでに、イクバルはもう二回、腕《うで》をふりあげ、じゅうたんをめちゃめちゃに切り裂《さ》いていた。世界一美しかったあのじゅうたんは、赤土の床《ゆか》の上でみすぼらしい毛糸のかたまりになっていた。

とつぜん、静かになった。この静けさは永遠《えいえん》につづくような気がした。気がつくと、あたしたちは身を守ろうとでもするように、工房《こうぼう》のすみっこにかたまっていた。ご主人さまはイクバルのまえに立ちはだかり、その巨体《きょたい》はイクバルをおしつぶしそうだった。顔は真っ赤、首の血管は今にも破裂《はれつ》しそうなくらいふくらんでいる。手にはイクバルからとりあげたナイフをにぎりしめていた。

「殺される！」みんなそう思った。

おくさまは、すすり泣きながらじゅうたんの切れはしを集め、赤土を払《はら》いのけていた。魔法《まほう》かなにかで、くっつけることができるとでも、思っているみたいだった。

カリムは両手で頭をかかえ、自分のことでもないのに絶望《ぜつぼう》していた。

「このクソガキが！」ご主人さまが吐《は》きすてるように言った。「おまえは反逆児《はんぎゃくじ》だと言われていたんだ。『フセイン・カーン、信用するな！ あいつは腹黒《はらぐろ》い、毒ヘビのような子だ。油断《ゆだん》すると恩《おん》を仇《あだ》で返されるぞ』ってな。言われていたのに。それなのに、バカな、ちくしょうめ！ おれの目は節穴《ふしあな》だった……。見てろよ、きっちりつぐなわせてやるからな、思い知るがいい！」

「墓《はか》だ！」ご主人さまはどなった。「墓《はか》にぶちこんで、二度とでられないようにしてやる！」

三人はイクバルの腕《うで》をつかむと、中庭に引きずっていった。あたしたちは、おびえたひな鳥のようにあとをついて、工房《こうぼう》の入口のところまででていった。引きずられたイクバルが、敷石《しきいし》でひざをすりむき、井戸《いど》のふちで腕《うで》をぶつけるのが見えた。ご主人さまは、中庭のしげみのおくにかくれた、錆《さ》びた鉄のとびらのまえで立ち止まり、ぼろぼろになったちょうつがいをやっとのことで動かすと、階段《かいだん》を降《お》りていった。ぽっかりあいた暗闇《くらやみ》のなかにイクバルがぐいと引っぱられ、消えてしまった。

しばらくして、悪夢《あくむ》のようなぞっとする音があたりをふるわせた。「お墓《はか》」のふたがズバンと閉《と》じられたのだ。その音は何度も何度もはねかえり、灼《や》けついた中庭の熱気のなかで、長いあいだ重くるしくひびいていた。

息ができなかった。風はなく、ほこりすら動きはしなかった。アブだけが動きまわり、あたしたちの足にまとわりついていたけれど、だれも追い払《はら》おうともしなかった。

地の底から、ゆっくりゆっくり、階段《かいだん》を一段《だん》ずつ上がってくる重い足音が聞こえてきた。ご主人さまは、お日さまの下にでてくると、目をしばたかせながら鉄のとびらを一気に閉《し》め、まだ工房《こうぼう》の入口でだき合っているあたしたちのほうに、まっすぐ向かってきた。

「仕事につけ！」どなり声をあげた。

あたしたちは織機《おりき》のところにとんでいき、いっせいに仕事をはじめた。

同じ動きに、同じ音。

トゥン、トゥン、トゥン。

ご主人さまは、だまってあたしたちのうしろに立っていた。

じっと見つめられると、背中《せなか》に穴《あな》があきそうだった。もう、お祭りの日ではなかった。

トゥン、トゥン。

あたしの右がわで織《お》っていたアリが、ほんの一瞬《いっしゅん》、あたしのほうを向いて、くちびるだけを動かした。

「なんで、あんなことしたんだろう？」

あたしは、しぐさだけですばやく答えた。「わからない」

中庭の敷石《しきいし》のところまで引きずられ、「お墓《はか》」につづく暗闇《くらやみ》に消えていく直前、イクバルはうしろをふりむいて、あたしを見ていた。たしかに、あたしを見ていた。闇《やみ》に飲みこまれるまで、ずっと見つめていた。あたしになにか言いたかったのだ。

たぶん、どうしてあんなことをしたのか、どうして、こんなむちゃなやり方でご主人さまに挑《いど》んだのか、言いたかったのだ。

あたしには、ちゃんとわかっているかどうかわからない。でも、そのときひとつだけはっきりわかったのは、あの瞬間《しゅんかん》、イクバルもあたしたちと同じように、怖《こわ》かったということ。
それでも、彼はやっぱりやってのけたのだ。

第6章

「お墓《はか》」

「お墓《はか》」は、中庭の地下に埋《う》まった古い貯水そうで、鉄のとびらへとつづくじめじめしてすべりやすい階段《かいだん》とのあいだには、鉄格子《てつごうし》のふたがはめられていた。「お墓《はか》」に入れられた子によれば、地下に明かりはなく、長いあいだにできた穴《あな》やひび割《わ》れや、中庭に面したとびらの錆《さ》びて穴《あな》のあいたところから、昼のあいだだけ、光線がかすかにもれてくるだけ。それに、なかは空気がうすく、息がつまるという。

「息ができないんだ」

「お墓《はか》」を経験《けいけん》したことのあるサルマンが言った。何か月かまえに、朝、おくさまが飲み物を入れてくる黄色と青の花模様《もよう》のついたきれいな水さしを、うっかり割《わ》ってしまったのだ。

「息がつまって、気が遠くなってくるんだぜ。空気が足りなくなるのさ。だれかにのどをつかまれて、しめつけられてるみたいだった。それにな、ずっと真っ暗なんだ。長いこと暗闇《くらやみ》のなかにいると、ヘンな形や色が見えてくる。それで楽になるわけじゃなくて、よけいに怖《こわ》くなるんだ。ひどいもんさ。あそこからでてきたとき、頭がおかしくなって、だれのことも見わけがつかなくなったやつもいたんだぜ」

「んでな、クモがいるんだよう」モハマドという子が言った。山育ちで、なまりの強い方言をノロノロしゃべる子だ。「こんくらいでかくてよう」手のひらを広げてみせた。「んでな、サソリもいるんだよう。サソリはひどくてよう。刺《さ》すは、かむは、毒をもってるからよう。んでな、ヘビもいるんだよう」

「ヘビはいないぜ」サルマンがばかにしたように言った。「もう水はないんだからな」

「うんにゃ、いるんだよう」山の子が言いかえした。「おらあ、見たんだからよう」

「おまえは『墓《はか》』に入ったことないじゃないか、口をだすなよ」サルマンがだまらせた。

その日は、日がくれてからも一時間よけいに働かされ、晩《ばん》ごはんももらえなかった。おなかはペコペコだったし、へとへとに疲《つか》れていたのに、あたしたちは、夜になっても眠《ねむ》らずに目をさましていた。

外国のお客さんは、予定どおりやってきた。あたしたちには目もくれず、車やトラックにじゅうたんを積みこんで、帰っていった。ご主人さまはいい商売をしたはずだった。

いつもなら、外国のお客さんが帰ったあとは、おくさまといっしょに夜ふけまでお祝いをするから、ラジオの音楽やほかにも――カリムの説明によれば――グラモフォンとかいう機械から、村育ちのあたしたちにはなじみのない、ヘンな音ばかりで歌詞《かし》もわからない、奇妙《きみょう》な外国の音楽が聞こえてくる。

けれど、その日は、夜になっても、ご主人さまの家は真っ暗で、おそろしいくらいに静かだった。

「ツケは払《はら》ってもらうからな」眠《ねむ》りに行くまえに、フセインは言った。「おまえたちみんなで、友だちがやったことをつぐなうんだ。みんなグルだったんだろう。わかってるんだからな」

いくじなしが二人、そんなことはない、自分たちは関係ないんだと言いかけた。でも、つねってだまらせた。イクバルに腹《はら》を立てている子はいなかった。

昼間のあいだ、太陽がきびしく照りつけたから、夜になってもあたしたちは汗《あせ》まみれで、熱があるみたいに頭がぼうっとしていた。

「こんなに暑いのに」あたしはつぶやいた。「イクバルはだいじょうぶかな？」

「レンガを焼く窯《かま》のなかみたいだろうな」サルマンが言った。「それよりひどいかもな。おれは真夏に『墓《はか》』に入ったやつなんか、だれも知らないぜ。みんなは？」

「知らない」と、みんな首を横にふった。

「真夏には、だれも『墓《はか》』から生きてはでてこられないんだ」暗闇《くらやみ》のなかで、だれかが言った。

「やめて！　もうやめて！」あたしはさけびたかった。そばで、マリアとちいさなアリがふるえていた。

「ぼくは、夏に『お墓《はか》』からでてきたやつを見たことがある」カリムがおとなになりかけの、低い声で言った。「もう何年もまえのことさ。ぼくはまだちいさかったけど、よく覚えてる。ぼくより大きい男の子がいて、どこから来たのかは知らなかった。耳が片《かた》ほうなくて、ほんとうさ、で、あらっぽい感じの子だった。野良犬《のらいぬ》みたいで、みんな怖《こわ》がってた」

「その子はなにをしたの？」あたしたちは聞いた。

「働かないって言ったんだ。ご主人さまはそいつをムチで打った。手かげんなんかしないで、思いっきりね。でも、そいつはさけび声もあげなかった」

「それから？」

「あいかわらず仕事を拒否《きょひ》しつづけたんだ。ご主人さまは、またムチを手にもって、そいつに近づいていった。わかるだろう、こんどこそ言うことを聞かせるつもりだったんだ。そいつ、どうしたと思う？　かみついたんだ。ご主人さまの腕《うで》に食らいついて、放そうとしなかったのさ」カリムはつばを吐《は》いた。「ほんとうに、犬みたいだった」

「その子、『お墓《はか》』に入れられたの？」

「五日間もな」

「で、どうなったの？　でてきたんでしょ？」

「ああ、いちおうね。死んだようになってるのをかかえだしたんだ。熱で焦《こ》げたようになって、皮膚《ひふ》がはげてた。でも、死んではいなかった。一週間、ワラぶとんの上に寝《ね》かせて、顔にはぬらしたぼろ布《ぬの》をかけておいた。それから、そいつは起きあがると、働きはじめたんだ。働くんだったら、最初からそうしてればよかったのにな。とにかく、そいつはもう、まえとはちがってた。やっぱり犬みたいだったけど、こんどは、いつもうしろ脚《あし》のあいだにしっぽをはさんでるような、負け犬になっちゃったのさ」

「イクバルはその子とはちがうわ！」あたしはさけんだ。

「あいつだって同じさ」カリムが言った。「みんな、けっきょくおんなじなんだ。そりゃ、これまではどのご主人にも反抗《はんこう》してきたらしいよ。ご主人さまがそう言ってるのを聞いたんだ。だから、あんなにじょうずなのに、いつも売られてたのさ。けど、うちのフセイン・カーンさまは、どうすればいいかごぞんじだからな。いくら特別なあいつでも、あきらめるさ」

「イクバルは負けたりしないわ！」あたしはもう一度言った。「そうよ、あたしたち助けなきゃ」

そうだ、とささやく声がした。

「助ける？」カリムがつぶやいた。「あいつのせいで、晩《ばん》ごはんをぬかれたっていうのに？」

「うるせえよ。おまえはいつもどおり食べたくせに。だまってな」サルマンがやりかえした。「行こうぜ。おれはパンをとってあるんだ」

「あたしは水をもってる。行こう」

「ぼくも行く」ちいさなアリも言った。

「おまえら、頭がおかしいんじゃないか？」カリムがさけんだ。「そんなことさせるもんか……。もし、ご主人さまに見つかって、ぼくのせいにされたら……」

「だまれって言っただろ！」サルマンがにらんだ。

あたしたちは音を立てないよう、すばやくドアのところまで行った。ご主人さまは、毎晩《まいばん》、そのドアに鍵《かぎ》をかける。あたしに言わせれば、いらぬ心配だ。あたしたちが、どこへ逃《に》げられるっていうの？ でも、そのときは、どうやって鍵《かぎ》をあけるのかも知らなかった。

「あいつが鍵《かぎ》をもってるぜ」サルマンがカリムを指さした。「さっさとあけろよ」

「知るもんか！」

「じゃあ、こうしようぜ。おまえは鍵《かぎ》をあけて、おれたちといっしょに来るんだ。もし、ご主人さまに見つかったら、おれたちが逃《に》げようとしたから、つかまえようとして、あとを追ってきたって言うんだ。それならいいだろ？　だが、もし協力しないなら、わかってるだろうな……」

カリムは一番年上だったけれど、やせてひ弱なからだつきだったし、けっして勇《ゆう》敢《かん》でもなかった。サルマンのほうは、雄牛《おうし》のようにたくましく、みんなから怖《おそ》れられていた。

カリムは頭をかきながら、片《かた》ほうの足に体重をあずけてからだを傾《かたむ》けていたけれど、もういっぽうの足に重心をうつし、だれか助けてくれないかと、あたりを見まわした。けれど、カリムの味方になる子なんかいなかった。カリムはつばを吐《は》いてから言った。

「まったく、おまえらは！」

ズボンのおくをさぐって、大きな鉄の鍵《かぎ》をとりだすと、思いきり鼻をすすった。

しばらくもったいつけていたけれど、しぶしぶ鍵《かぎ》をあけた。

外にでたときは、真夜中をすこしすぎていた。月のない晩《ばん》で、あたしの国では夏に雲がかかることはまれだったから、夜空は黒く澄《す》みわたり、かすかな風が木々の葉をゆらしていた。ドアのところに立っていると、顔から汗《あせ》がひいていった。

「下はどんなだろう?」考えると、怖《こわ》くてふるえが走った。

あたしとサルマン、それにいっしょに来ると言い張《は》ったちいさなアリは、井戸《いど》の石のふちのところまで、手をついて這《は》っていった。ご主人さまの家は真っ暗だった。怖《こわ》かった。ご主人さまは、雷《かみなり》のようなイビキをかいて、牛のように深く眠《ねむ》る。けれど、おくさまのほうは、カサッというわずかな音や、夜の鳥の羽音まで、どんな音でも聞こえるのだ。あたしたちは、部屋着をはおったおくさまが、気分悪そうにぶつぶつ言いながら、暗い中庭のすみっこを見てまわっているのを、何度か見たことがあった。

「見つかったら……」

井戸《いど》のふちから二っとびで、軽トラックのかげまで行った。ガソリンとオイルの焦《こ》げたようなにおいがしていた。けれど、ここから「お墓《はか》」につづく鉄のとびらまでは、中庭をぬけていかなければならない。ちょうどご主人さまの家の窓《まど》の下を通ることになる。

おくさまを起こさずに通りぬけるなんて、ぜったいむり。あたしにはそう思えた。今だって、おくさまがカーテンのかげに立って、どう猛《もう》な動物のように、あたしたちが一歩ふみだすのを待っているような気がするのに。

一瞬《いっしゅん》、ほんの一瞬《いっしゅん》だけ、あたしは思った。「やっぱり、もどったほうがいいかも」でも、すぐに恥《は》ずかしくなって、あたしはサルマンの穴《あな》ぼこだらけの顔をふりかえった。たぶん、同じことを考えていたのかもしれない。けれど、自分がやるしかない、とわかっていたんだと思う。なんといっても、あたしは女の子だし、アリはちいさすぎたから。

「おれから行くぞ」

サルマンは、三度、ゴクリとつばを飲みこんでから、パンを入れた包みを口にくわえ、ひじとひざをつけて這《は》いはじめた。

ゆっくり、ゆっくり、大きなおしりを高くあげ、何キロ先からでも見えそうな格《かっ》好《こう》で、石ころをけちらしながら、ひどい音を立てていた……。と、暗闇《くらやみ》のなかに消えた。しばらく静けさがつづき、ご主人さまの高いイビキのあいまに、タン、タン、という音がして、それから軽い口笛が聞こえた。

「アリ、あんたの番よ！」

アリは子ねこのようにすばやく軽《かろ》やかにかけだし、あっというまにいなくなった。

また、口笛が鳴った。

「ほら、あたしの番よ！」こんどは自分に言った。

トラックのかげからでたとたん、自分が弱くて傷《きず》つきやすい気がした。手に水を入れたビンをもっていたから、一歩這《は》うごとにひっくりかえしはしないかと心配だった。

二メートル、いや三メートルは進んだと思う。ゴツゴツした石がいっぱいで、ひざがチクチクする。真っ暗だった。なにもかもがひどく音を立てた。あたしの服は地面にこすれ、心臓《しんぞう》は闇《やみ》のなかで高鳴り、息はますます苦しくなっていった。ちょうど寝室《しんしつ》の窓《まど》の下にいた。あたしはできるだけ地面にぴったりからだをくっつけ、右手だけ水をもちあげていた。

いつまでも着かない気がした。もし見つかったら、サソリとヘビのいる「お墓《はか》」行き。サルマンはいないって言ってたけれど、あたしはヘビもいるにちがいないと思っていた。

サルマンとアリにぶつかった。二人は鉄のとびらにもたれ、すわってあたしを待っていた。

「長くかかったなぁ!」

「あんたが早すぎたのよ!」

「カリムはどこだ?」

あたしたちはあたりを見まわした。

「カリム!」声を殺してさけんだ。「カリム!」

すると、カリムがやってきた。白い服を着た、長身のやせこけたからだが、闇《やみ》のなかからすこしずつ、幽霊《ゆうれい》のようにすがたをあらわした。いつもと変わらず、ズボンのポケットに手をつっこんだまま、かがみもせずにゆっくり静かに歩いてくる。今にも口笛を吹《ふ》きはじめそうだ。王《スルタン》さまの庭でも散歩しているみたいだった。あたしたちのところまで来ると、みんなをびっくりして見ていた。

「そんな、大騒《おおさわ》ぎすることないだろ」カリムは言った。

「ばかやろう、伏《ふ》せるんだよ!」サルマンが言いかえした。

雑草《ざっそう》におおわれた鉄のとびらは、ちょうつがいが錆《さ》びていて、かたくて重かった。あたしたちが引っぱろうとしても、ほとんど動かない。

「ほら、もっと強く!」

何センチか動いて、それから手のひらほどのすきまがあいた。「お墓《はか》」の湿《しめ》っぽく重い、イヤなにおいが上がってきた。

「もっと強く引くんだ！」

とびらが動き、ちょうつがいがキーッと、夜を引き裂《さ》くような鋭《するど》い音を立てた。

「早くしろ！」

明かりがついた。

あたしたちは、動物が猟師《りょうし》におどろいたみたいに、じっと動けなくなっていた。ひざががくがくした。そのまま動かないほうがいいのか、めちゃくちゃに逃《に》げだしたほうがいいのか、わからなかった。

「逃《に》げるのよ」頭のなかで声がした。「逃《に》げなきゃ」

サルマンがあたしの腕《うで》をつかんで、ヒュッと細く息を鳴らした。「動いちゃだめだ！」

寝室《しんしつ》の窓《まど》があいた。四角い光が中庭にあふれた。だれかが――おくさまだ――顔をのぞかせ、あたりを見まわしている。

あたしたちを見たはずだ。見えないわけがなかった。

「物音がしたのよ、夢《ゆめ》じゃないわ。あの、いまいましい子どもたちにちがいないわ」

部屋のなかから、怒《おこ》ったような声が聞こえた。

「あなたったら！　あなたには大砲《たいほう》の音だって聞こえないでしょうよ！　行って見てくるわ」

また、ぷりぷり怒《おこ》った声。さっきよりもくどくて長く、いらだっていた。

おくさまは窓《まど》からからだを半分乗りだし、目やにのたまった目で、こちらを見つめていた。二十メートル先にいたあたしたちは、きっと昼間のように丸見えで、生《い》け垣《がき》にとまったホタルみたいだろうと思った。おくさまの視線《しせん》を感じていた。

なのに、見えてはいなかった。なぜだかわからない。おくさまは、まだしつこくあちこち見まわしてから、ぶつぶつつぶやくと、大きい音を立てて窓《まど》を閉《し》め、明かりを消した。

あたしたちは待っていた。じっと。永遠《えいえん》と思えるくらいのあいだ、ひたすら待っていた。すこしずつ、心臓《しんぞう》のドキドキが静かになっていき、ふたたびご主人さまのイビキが聞こえたときには、勇気をとりもどしていた。

「お墓《はか》」につづく急なすべりやすい階段《かいだん》を、あたしたちは一列にならんで降《お》りていった。空気は一段《だん》ごとに重くよどんでいき、息ができなくなっていく。からだからまた、汗《あせ》が吹《ふ》きだしてきた。コケにおおわれた壁《かべ》をつたいながら、手さぐりで進まなければならなかった。

やがて、足元で金属《きんぞく》の音がした。「お墓《はか》」の天井《てんじょう》にはめられた鉄格子《てつごうし》だった。

「イクバル」そっとよんでみた。「イクバル!」

カリムがズボンのおくからマッチ箱をとりだし、一本すった。マッチのたよりない明かりのなかに、イクバルが見えた。すみっこのほうにうずくまっていたけれど、立ちあがって、あたしたちのほうへやってきた。くちびるは乾《かわ》いてひび割《わ》れ、暗闇《くらやみ》になれた目はしょぼしょぼして、マッチの光さえまぶしそうだった。

「お墓《はか》」とよばれている貯水そうは、広さはあったけれど、立ちあがれば指先で鉄《てつ》格子《ごうし》にふれられるくらい、天井《てんじょう》が低かった。あたしは水のビンをわたした。イクバルはゴクゴクと一気に飲んでから、残りは、ヒリヒリ痛《いた》む顔の上にかけた。

ヘンな感じだった。イクバルはのどがカラカラで声がでなかった。あたしたちも、イクバルのそばまで来て、聞きたいことは山ほどあったのに、なにを言えばいいかわからなかった。

あたしはぐちゃぐちゃに動揺《どうよう》していた。こんな状態《じょうたい》のイクバルを見て、心配で胸《むね》がしめつけられた。だって、まだ一日目だっていうのに！

サルマンはまごついていた。カリムはたまたま通りがかっただけで、関係ないというようなそぶりをしている。

アリが鉄格子《てつごうし》から手を入れて、イクバルの手をつかんだ。

「イクバル、がんばってね。もう、ぼくたちがついてるから」

「おい」と、サルマン。「おまえには勇気があるってわかったよ」

「そうよ」あたしも言った。「毎晩《まいばん》来るわ」

「なんだって、また来るって？」カリムが言った。「これ以上、危《あぶ》ない目はごめんだよ」

「ありがとう、みんな」イクバルがしゃがれた声で言った。針金《はりがね》でひっかいたような声だった。

もちろん、あたしたちは、毎晩《まいばん》「お墓《はか》」に通った。

第7章
目ざめ

三日たち、イクバルは「お墓《はか》」からでてきた。強すぎる光に目を細め、ふらふらしながら中庭を歩いてくる。腕《うで》には熱気で水ぶくれができ、虫に刺《さ》されたあとが数えきれないくらいあった。あたしたちはかわいそうに思いながらも、ほこらしい気持ちでいっぱいだった。ほんとうは喜びの声をあげて、拍手《はくしゅ》かっさいしたかったけれど、ご主人さまのけわしい目に見張《みは》られていたから、用心深く静かにしていた。イクバルは一日とひと晩《ばん》の休みをあたえられた。あたしたちも、イクバルの眠《ねむ》りをさまたげないよう、好奇心《こうきしん》をおさえていた。あたしたちは、代わりばんこにつきそい、冷たいスポンジをあてて痛《いた》みをやわらげてあげた。食べ物や水やオレンジ――アリが庭の木からもいできた――を、毎晩《まいばん》差し入れたかいがあって、早く元気になりそうだと、みんなほっとしていた。

イクバルがやっと起きあがれるようになり、朝食をとりにあたしたちのところへ来たとき、サルマンが言った。

「兄弟、おまえはほんとうに強いな。フセイン・カーンにあんなことをする勇気があるやつなんか、いやしなかった。あいつはあのじゅうたんのことで、まだイライラしてるんだぜ、知ってるか？　けど、おまえもおろかなやつだ。だってな、兄弟、あんなやり方で反抗《はんこう》して、なんになった？　三日間、『墓《はか》』のなかに入れられただけじゃないか」

「みんなだって、毎晩《まいばん》、危険《きけん》をおかして、ぼくを助けてくれたじゃないか」イクバルが言いかえした。「もし、フセイン・カーンに見つかったら、なんになったんだい？」

「それは関係ないだろ」サルマンが言った。「おれたちは、おまえのためにやったんだ」

「それなら、ぼくだって、自分のためだけじゃなく、みんなのためにやったんだ」

「どういうこと？」あたしは聞いた。

「ぼくたちがこんな生活をしているのはおかしい、ってことだよ。家族のところに帰れないなんて。奴隷《どれい》みたいに織機《おりき》に鎖《くさり》でつながれて、働かされるなんて、おかしいんだ」

「あたしだって、家に帰りたい」あたしは言った。「でも、できない」

「なぜ？」

「なぜって……なぜってな……」サルマンが吐《は》きだすように言った。「フセイン・カーンは、おれたちより強いからだ。ずっとこうだったからだ。おれたちのことなんか、だれも心配してくれないからだ」

「だれか、ぼくたちを助けてくれる人がいるよ。外にでれば。そうすれば、きっと見つかるよ」

みんなはびっくりして、いっせいにイクバルのほうを見た。

「外だって？　おまえ、なに考えてるんだ？」

「わからない」イクバルは言った。

「兄弟、おまえは『墓《はか》』で熱にやられたんだ」サルマンが大きい頭をふりながら言った。「ここにいるのは、弱虫ばかりだからな」

「それはちがうよ」イクバルが笑った。「きみは怖《こわ》がっていないじゃないか。それに、ファティマも。アリだって」

「ぼくはだれも怖《こわ》くないよ！」アリがあたしのうしろにかくれながら、言った。

「カリム、きみだって、まえより怖《こわ》がらなくなったはずだ。そうじゃない？」

「おまえたちのくだらない話に、ぼくをまきこまないでくれ」カリムが口をとがらせた。「だいたい、ぼくは最初から、なにも怖《こわ》がってなんかないんだ」

「フセイン・カーンも？」

「怖《こわ》くなんかないよ」カリムが言い張《は》った。「ぼくはご主人さまを尊敬《そんけい》してるだけさ。怖《こわ》がってるわけじゃない」

「なるほど！」

「ほかのみんなだって、まえほど怖《こわ》がらなくなってるよ」イクバルが言った。

「ほら、ならんだ！　ならんだ！」カリムが、大声でさけんだ。中庭をよこぎってくるおくさまの影《かげ》に気づいたのだ。

一か月のあいだ、なにも変わったことはなく、毎日が同じようにすぎていった。夏のきびしい暑さはやわらいで、ときどき、夜、稲光《いなびかり》が空を引き裂《さ》くと、一瞬《いっしゅん》明るくなって、雨の季節が近いことを思いださせた。

ある晩《ばん》、古くからいた男の子が一人、ご主人さまといっしょにでていくと、そのまま二度とすがたを見せなかった。たぶん、どこかに売られたのだろう。でも、あたしたちは、こういう顔ぶれの変化にはなれっこになっていたし、よけいな悲しみも感じなくなっていた。というより、悲しみを表にだすことはしなくなっていた。

その代わりに新しい子が一人来た。背《せ》がとても高く、ひどくやせた子だった。肩《かた》の骨《ほね》は飛びだし、あばら骨《ぼね》は一つひとつ数えられるくらいだった。すぐにガリというあだ名がついた。ガリは来て二日で、片《かた》ほうの手にけがをした。仕事はさせられず、包帯をまいて休ませなければならない。ご主人さまは、こんなやつのために金を払《はら》ったのはまちがいだったと、不運をなげいていた。それでも、なにもさせないよりはと、ガリにほうきをもたせ、工房《こうぼう》や中庭や、ときにはご主人さまの家のそうじをさせることにした。腕《うで》を首からつりさげたまま、一日じゅうあっちに行ったり、こっちに来たり、ほこりをとるより立てるほうが多いくらいだったけれど、ガリはあたしたちの秘密《ひみつ》の伝言係になった。

それから赤痢《せきり》が流行《はや》って、あたしたちはどうしてもカーテンのおくに行くことが多くなった。

けっきょく、なにも変わったことはなかった。

それでも、あのころには気づかないでいたけれど、今思えば、なにかが変わりはじめていた。説明するのはむずかしい。工房《こうぼう》の空気のようなものが変わったのだ。あたしたちはいつもどおり働いた。これまでと同じように、ご主人さまのひどい仕打ちにも耐《た》えた。ご主人さまは、毎晩《まいばん》一人ひとりの石盤《せきばん》の印をひとつ消してくれたけれど、印はこれまでと同じように残っていて、あまりにもたくさんあった。

それでも……。だれもが、まえほどいっしょうけんめい仕事をしていなかった。お昼の休けいのあとは、足を引きずり、ぶつぶつ文句《もんく》を言いながら、できるだけゆっくり工房《こうぼう》にもどっていったし、そのあとの午後の長い長い仕事時間には、よそ見をしたり、おしゃべりしたり、笑い声まであげていた。ご主人さまのどなる声がしても、数分間おとなしくなるだけ。ガリはあっちこっちでほこりを立てるし、工《こう》房《ぼう》のなかはざわざわしていた。

ある日、モハマドの織機《おりき》がこわれた。仕事がイヤでわざとこわしたにちがいないとご主人さまは怒《おこ》ったけれど、なんの証拠《しょうこ》も見つからず、モハマドを一週間「お墓」に入れてお仕置きすることはできなかった。ほかの子の織機でもシャトルがからまり、きちんと動くようになるまで、修理《しゅうり》に何時間もかかったりした。

イクバルは静かだった。だめにしたじゅうたんをまた初めから織《お》るように命じられると、なにごともなかったように、まじめに、正確《せいかく》に、すばやく、じょうずに仕事をこなしていた。ご主人さまは顔にはださなかったけれど、いつもイクバルを監《かん》視《し》していた。手をうしろで組み、けわしい目をして工房《こうぼう》を歩きまわりながら、ときどき急にふりかえっては、イクバルがなにをしているのか見ていた。イライラして、今やご主人さまのほうが怖《こわ》がっているようにも見えた。イクバルのじゅうたんが織《お》りあがれば織《お》りあがるほど、ご主人さまはいらだち、怒《おこ》りっぽくなっていく。けれど、イクバルには小言ひとつ言わなかった。

あきらかに、奇妙《きみょう》な空気がただよっていた。

「ご主人さまは、またじゅうたんがだいなしにされるんじゃないかって、怖《おそ》れてるんだ」イクバルがあたしたちに言った。「そうなれば、大損《おおぞん》するのはあっちだからね」

「でも、もうあんなことはしないんでしょ？」あたしは、心配になって聞いた。

「もう、しないよ！　そんなこと考えてないさ」イクバルは言った。

あたしたちは、毎晩《まいばん》、みんなで集まるようになっていた。もはやご主人さまの家の明かりが消えるのも待たず、ドアの鍵《かぎ》が閉《し》まって、足音が中庭のむこうに去ったとたん、それぞれのワラぶとんからぬけだして、輪になった。いつものなかまに、風変わりでおもしろいガリが加わっていたし、ときどきだけど、別の子が参加することもあった。

「みんなで逃《に》げなきゃ」ガリが言いだした。「フセイン・カーンの顔を見てごらんよ！　あれは悪人のツラだよ。ぼくはガマンできないね。まえのご主人よりひどいよ。ギャング団をつくって、街まで行くトラックを襲《おそ》っちゃおうよ」

「どうしてトラックなの？」

「食べ物をいっぱい積んでるからだよ」

「なあに、言ってんだよう」モハマドが、いつものように言葉のおわりをヘンなふうにのばしながら、口をはさんだ。「そんならよう、おらの田舎《いなか》の、山んなかによう、逃《に》げればなあ、いいんだよう。あそこならなあ、ご主人さまも、おらたちを、見つけらんないからよう」

「なら、あんたはどうして見つかったの？」

「運がなあ、悪かったからだよう」

あたしたちは、思ったことはなんでも話した。楽しかった。

けれど、けっきょくなにも変わりはしないという思いは、なくならなかった。あたしたちには決まりがあった。工房《こうぼう》につれてこられると、たくさんのことを身につけていくけれど、なによりも先に覚えることがある。それは、未来のことは話さないという決まりだ。あたしたちのだれも、「来年の夏は」とか、「一年のうちには」とか、「おとなになったら」という話はしない。もちろん、あたしたちの借金が消える日のことは、あきるまで何度も話した。その日がどんなに待ち遠しかったか。

でも、心の底では信じていなかったのだと思う。おまじないの言葉みたいなものだ。ひとりでにいい子にしていられるよう、借金はなくならないとわかっているのに、なくなる日のことを思いえがいた。効《き》かないとわかっているおまじない——。そうでもしなければ、あたしたちは、つらすぎる毎日のなかで、自分をささえていけなかった。

借金は消えない。はっきり、そう口にだして言う勇気をもった子は、イクバルが初めてだった。そして、イクバルだけが未来を語った。

あたしはあの夜を覚えている。秋がはじまり、工房《こうぼう》のトタン屋根から、雨がゴウゴウと音を立てて流れ落ちていた。イクバルとあたしは、みんなが自分のワラぶとんに帰ってしまっても、いつも最後まで残っていた。眠《ねむ》るまえに、ほんのちょっとだけ、二人だけで話をするのが好きだった。

「ファティマ」暗闇《くらやみ》のなかでイクバルの声が聞こえた。

「春が来たら、ぼくときみは、いっしょに凧《たこ》あげをして遊ぶんだ。いいかい？　どんなことがあっても覚えておくんだよ」

あたしはなにも答えなかった。なんと言えばよかったただろう？　イクバルはなにかまた、とんでもないことをやろうとしている。それだけはわかった。けれど、止めることなどできなかった。

あたしに言えたのは、あたりまえすぎる言葉だった。「気をつけてね」

その夜は、ひと晩《ばん》じゅうどしゃぶりの雨が降《ふ》りつづき、雷《かみなり》がとどろいていた。

翌朝《よくあさ》、イクバルはすがたを消した。

夜明けよりすこしまえに寝床《ねどこ》をぬけだし——どうやったのかは知らないけれど——部屋のおくの汚《きたな》いカーテンのうしろにある、あのアーモンドの木が見えるちいさな窓《まど》から外にでた。中庭と近所の庭をぬけ、塀《へい》を乗りこえると、二つの畑をつっきって、通りにたどりついた。

畑には、イクバルの足あとがうっすらと残っていた。

第8章 ちいさな抵抗《ていこう》

二日間はなにもわからなかった。脱走《だっそう》が発覚するると、ご主人さまはすぐに親戚《しんせき》や友人を集め、みんなでトヨタの軽トラックに乗りこんで、イクバルをさがしに行った。泥道《どろみち》でタイヤがスリップするたびに、ひどい悪態《あくたい》をついた。

あたしたちは一日じゅう、心配でたまらなかった。ずっと、中庭の鉄柵《てっさく》の門を見つめていた。日がしずむと、しかめっ面《つら》をしたご主人さまがもどってきた。服はずぶぬれ、長ぐつは泥《どろ》だらけだ。あたしたちは織機《おりき》に向かい、うつむいて仕事をしていた。ご主人さまは、工房《こうぼう》に入ってくるなり大声で言い放った。

「これからは、一日一時間よけいに仕事をするんだ！　毎日だぞ！」

ご主人さまは、その手でトイレの窓《まど》に格子《こうし》をはめ、カリムからドアの鍵《かぎ》をもぎとった。

「おまえとは、あとでかたをつけよう」言われたカリムは、ふるえあがっていた。

あたしたちは「うまく逃《に》げたんだ、たぶん」と思っていた。

ご主人さまは、その翌日《よくじつ》もでかけていったけれど、ムエジン（イスラム寺院の祈祷時報《きとうじほう》係《がかり》）がお昼のお祈《いの》りを告げるよりもまえにもどってきて、家のなかに閉《と》じこもったまま、でてこなかった。

あたしは仕事をしながら、ずっとイクバルのことを考えていた。今ごろは、家にたどりついて、家族とだき合っているかな……。でも、家族のところには、ご主人さまが真っ先にさがしに行ったはずだ。借金をたてに、子どもを引きわたさなければ、父親や母親を刑務所《けいむしょ》に入れるとおどしたに決まっている。イクバルはまだ街にいて、どこかにかくれているかもしれない。どこで眠《ねむ》っているのだろう？　なにを食べているのだろう?

「イクバルは頭がいいから」あたしは自分に言い聞かせた。「きっと、うまく切りぬけるはず」

それから、あの夜の約束のことを思いだした。「春が来たら、ぼくときみは、いっしょに凧《たこ》あげをして遊ぶんだ」

ほんとうならいいのに、と思った。どんなにすてきだろう。けれど、未来のことは、考えないほうがいい。考えたってかなうわけじゃないから。

あたしは、ちいさなマリアにこの話をした。まるで、マリアがこの話をわかって、言葉を返し、あたしをなぐさめてくれるかのように。

「ねえ、凧《たこ》って知ってる? 遊んだことある?」

もちろん、マリアはなにも答えなかった。

「すてきなんだから。走っていくと、凧《たこ》は空にぐんぐん高くあがっていくの。ときには雲にさわったり、風に吹《ふ》かれてとびあがったり、ななめに傾《かたむ》いたり。でも、気をつけてないと、糸を放しちゃったらたいへん。あっというまに消えていってしまうんだから。一度、まだあたしがちいさくて、へたくそだったとき、糸が切れてしまったことがあるの。すごく悲しくて、泣いちゃった。でもね、凧《たこ》が高く高くあがっていって、空に吸《す》いこまれていくのを見ているのは、悪くなかった。『どこまで行くのかしら、あたしもいっしょに行けたらな』って、思ったのよ」

その夜はヘンな夢《ゆめ》を見た。せっかく大空を飛んでいたのに、糸を引っぱられた凧《たこ》みたいに、精霊《せいれい》に足を引っぱられ、そのたびに目をさました。

イクバルがいなくなってから、三日目の朝のことだ。その日は、朝から雷《かみなり》の音が聞こえていた。あたしたちが織機《おりき》に向かったとたん、近所の人が中庭にかけこんでくるのが見えた。大急ぎで入ってくると、その人はご主人さまをよんで、身ぶり手ぶりをまじえて話をはじめた。あわてているように見えた。

ご主人さまとおくさまは、工房《こうぼう》に入ってくると、あたしたちに仕事を放《ほう》りださせ、

「早く、早くするんだ！」と、中庭に追いたてて、「お墓《はか》」につづく錆《さ》びた鉄のとびらをあけると、みんなを階段《かいだん》に押《お》しこんだ。

「ここにいるんだ」ご主人さまは命令した。「音を立てたら、ただじゃおかないぞ！」

だれかが、家の門をたたいている。あたしは、階段《かいだん》の真ん中で動けなくなっていた。

「なにが起こったの？」まえの子に聞いた。

「よく見えない」だれかが答えた。「でも、今、ご主人さまが門をあけに行った……人がいる……たぶん……警察《けいさつ》の人だ！　おまわりさんが二人いる……それに、いっしょにいるのは……あっ、イクバルだ！」

あたしは、ほかの子をかきわけて階段《かいだん》の一番上まで行き、とびらの錆《さ》びた穴《あな》に目を押《お》しつけた。ほんとうだった。太ってあぶらぎり、真っ黒でもじゃもじゃの口ひげをはやした男の人が二人。べとべとに汚《よご》れたしわくちゃの制服《せいふく》を着て、ベルトの上からおなかがぽっこりはみだしていたけれど、たしかに警察官《けいさつかん》だ。二人のあいだに、イクバルがいた。

ご主人さまは、こびるような態度《たいど》で、腰《こし》を低くし、手をすり合わせている。そのよこで、おくさまがエプロンのはしっこをいじりまわしていた。

イクバルが腕《うで》をあげて、工房《こうぼう》のほうを指さすのが見えた。二人のおまわりさんは、落ちつき払《はら》ったようすで、中庭をよこぎっていった。水たまりをよけながら、工房《こうぼう》の入口で身を乗りだし、なかをさっとのぞくと、なにやら二人で相談してから、ご主人さまに話しかけた。ご主人さまは、あいからわずヘンにていねいなようすでしゃべりまくり、ときどき、おくさまのほうを向いては、同意をもとめていた。

「どうなったんだよ」うしろから聞いてきた。

「よくわからない。なにを話してるか聞こえない」あたしは答えた。「でも、たぶん、イクバルがご主人さまのことを訴《うった》えたんだと思う」

「ご主人さまを訴《うった》えたって?」

「ってことは、ご主人さまは刑務所《けいむしょ》にぶちこまれるのか？」

「静かにして！」

ご主人さまは、ますます話に夢中《むちゅう》になって、大げさな手ぶりをしていた。おまわりさんたちはあきあきしてきたようだ。一人が、古くさい安物の懐中時計《かいちゅうどけい》をちらっと見た。ご主人さまがイクバルの手をとって、自分のほうに引きよせようとした。イクバルはいやがって、けんめいに足をふんばっていた。ご主人さまはイクバルの髪《かみ》をあらっぽくなで、おまわりさんにまたなにか言った。それから、イクバルをおくさまに押《お》しつけて、家のほうへつれていくように合図した。

「いやだ！」

イクバルがさけんだ。

「いやだ！」

イクバルはまだなにかさけんでいたけれど、ちょうどものすごい雷《かみなり》の音がして、なにも聞こえなくなった。

「どうなったんだ？」うしろからみんなが聞いてくる。「なにがあったの、ファティマ？」

「わからない。おまわりさんが、イクバルをご主人さまにわたしちゃった」

「どうして？　フセインは刑務所《けいむしょ》には行かないってことか？」

イクバルはおくさまの手からのがれようとして、さけび声をあげたり、身をよじらせてあばれたりしていたけれど、やがて家のなかに消えていった。

どしゃぶりの雨が降《ふ》りだし、おまわりさんたちは急いでいた。あたしのうしろでは、みんなが声を立てて騒《さわ》いでいたけれど、あたしには、なにも聞こえていなかった。錆《さ》びた穴《あな》の向こうで起こっていることが、信じられなかった。

ご主人さまは腰《こし》にまいた幅《はば》の広い帯に手をつっこみ、ぶあついお札の束をとりだすと、ひとつかみほど枚数《まいすう》を数えて、一人目のおまわりさんにわたした。それから、もうひとつかみ、ちょっと少な目のお札を数えると、二人目のおまわりさんにわたした。二人は満足したようすでうなずくと、口ひげをなで、札束をポケットにしまい、雨のなかを行ってしまった。

暗い階段《かいだん》の下で、あたしたちはみんな口もきけないでいた。ご主人さまの家のなかからは、イクバルのさけび声がむなしく聞こえていた。

いつまでたってもおわらない、悪夢《あくむ》のなかにいるような日がつづいた。なにをしているか意識《いしき》することもなく、毎日、同じことをくりかえした。目をさまし、トイレで用を足し（あたしの窓《まど》は、もう永久《えいきゅう》にふさがれてしまっていたから、とびあがりたいとも思わなかった）、朝食を食べ、仕事、仕事、仕事……。寝《ね》る時間が来るまで働いた。それから、ふたたび「お墓《はか》」に入れられたイクバルのことを考えて、ちょっと涙《なみだ》を浮《う》かべているうちに、深い眠《ねむ》りに落ちていく。夜中にとつぜん、目がさめることがあったけれど、なにも変わってはいなかった。トタン屋根には雨が激《はげ》しく打ちつけ、水があちこちから染《し》みこんでくる。イクバルはまだ「お墓《はか》」のなか。こんどは、苦しみをやわらげてあげるために、夜でていくこともできなかった。

「死んじゃう」と思った。

ご主人さまは、おまわりさんの訪問《ほうもん》があってから数時間もたたないうちに、仕事で旅にでかけた。家をでるまえに工房《こうぼう》に顔をだすと、あたしたちみんなのまえでカリムをよびよせた。

「もどってきたら、全員の仕事を測《はか》るからな。ちゃんと見張《みは》ってろよ！　こいつらがどれだけ織《お》ったかの責任《せきにん》は、おまえにあるんだからな」

「はい、ご主人さま！　はい、ご主人さま！」カリムはくりかえすだけだった。

「それから、あの墓《はか》に入っているやつは……」

「はい、どうしましょう？」

「放《ほう》っておけ」

「はい、ご主人さま！」

恐怖《きょうふ》にとりつかれたカリムは、あたしたちが、一瞬《いっしゅん》、からだをのばすことも、ちょっとよそ見をすることも、許《ゆる》してくれなかった。

「おまえたちは、ぼくを破滅《はめつ》させたいんだろう」何度も同じ言葉をくりかえした。

「だが、そうはさせないぞ。働け！　働くんだ！」

あたしたちは、時間の感覚をなくしていた。何日たったのだろう。四日？　五日？　それとも六日？

イクバルはずっと地下の「お墓《はか》」にいた。

「死んじゃう。そうよ、死んじゃうんだ」

あたしたちは、夜、話をしに集まることもなくなった。だれもそんな気にはならなかった。けっきょく、そんなことをしても、なんの役にも立たなかった。イクバルが来るまえ、あたしはここでの生活を、しかたがないものと受け入れていた。なぜって、ほかのくらしを想像《そうぞう》することができなかったから。イクバルは、あたしたちみんなに、希望の光を灯《とも》した。手にもった光が消えてしまったショックは、あまりにも大きかった。イクバルにはもうなにもできないだろう。あたしたちのなかにも、これ以上ご主人さまに反抗《はんこう》する勇気のある子は、だれもいなかった。

「イクバルは死んじゃう」あたしは思った。「そして、あたしは、まえよりもっと、ひとりぼっちになるんだわ」


ご主人さまは金曜日に帰ってきた。金曜日はイスラム教徒にとっては大切な安息《あんそく》日《び》。みんな仕事を休んでお祈《いの》りをする日だけれど、あたしたちには関係がない。工《こう》房《ぼう》でいつもどおり働いていた。


着がえをすませたご主人さまは、旅はどうだったかとか、仕事はうまくいったかとたずねてきた近所の人たちにあいさつをしてから、工房《こうぼう》の戸口にちょっと顔をのぞかせた。

「昼から、るすのあいだの仕事を測《はか》るからな」きびしい口調でカリムに言いわたすと、ご主人さまは、食事に行ってしまった。

「おまえたちは仕事をつづけるんだ」あぶら汗《あせ》を浮《う》かべ、落ちつきをなくしたカリムがさけんだ。「おまえたちが働かないと、ぼくが罰《ばつ》を受けるんだからな」

あたしたちは、いつもの休けいすらもらえなかった。

仕事をつづけながら、空腹《くうふく》を忘《わす》れようとした。けれど、ご主人さまの家から、ツンと辛《から》みのきいたヒツジの煮《に》こみのにおいがしてきて、おなかがしめつけられた。

あたしは、お祭りの日のごちそうを思いだしていた。このごちそうは、貧《まず》しい村ではとても大切なお祭りのときにしかつくらない。舌《した》やのどがヒリヒリして灼《や》けるくらい辛《から》いけど、そうでないと、男たちは食欲《しょくよく》がわかないと言っていた。あぶらのたっぷりついた肉は、とてもおいしかった。

「働け！」カリムが金切り声をあげている。

デザートもあるのかもしれない。あげたチーズをお砂糖《さとう》のなかにころがして……。

シナモンもつけて……。

「働くんだ！」悲鳴のようなカリムの声。

おなかがすいていた。もうへとへと。もうだめ。

ご主人さまが、つまようじで歯をせせりながらやってきた。あたしたちは手を止め、それぞれの織機《おりき》のわきに立った。ご主人さまは、腰《こし》をさすりながら、出発まえにあたしたちの仕事の進みぐあいを記した紙とまき尺《じゃく》をとりだし、なにも言わずに測《はか》りはじめた。石盤《せきばん》を手にとり、印を三つ消したり、四つ消したり、仕事がちゃんとできていないからといってひとつも消さなかったりと、決めていった。

口答えしようとする子は、ひとりもいなかった。

ご主人さまはゆっくりと測《はか》りつづけ、そのうしろを、カリムが骨《ほね》をほしがる犬みたいに、ぴったりくっついてきた。印の数が言いわたされると、みんな、おとなしく頭をたれていた。

サルマンはひとつだけ印を消してもらった。アリはひとつも消してもらえなかった。「売り物にならん！」と言われて、ちっちゃなアリは、涙《なみだ》をこらえることができなかった。モハマドは三つ消してもらい、ほっとため息をもらした。もうすぐあたしの番だ。これからマリア。だいじょうぶだろうか……。

ご主人さまはマリアの織機《おりき》のまえで急に立ち止まると、目をむいてカリムをにらみつけた。カリムはにらまれたわけがわからなかったけれど、子犬のようなあわれっぽい声をだした。

「これはなんだ？」ご主人さまがどなった。

「ぼくは……知りません……ご主人さま……ぼくは……」カリムは口ごもった。

あたしたちはがまんできなくて、マリアの織機《おりき》のほうにかけよった。

マリアには最初からずっと、一番やさしくて技術《ぎじゅつ》もいらない、単純《たんじゅん》な幾何学模様《きかがくもよう》のじゅうたんが割《わ》りあてられていた。マリアはからだもじょうぶじゃなかったし、耳が聞こえないからか、ほかに悪いところでもあるのか、あまり気のきくほうでもなかった。

ご主人さまはいつもお情《なさ》けで置いてやってるんだと言っていたけれど、それはちがう。マリアだって自分の仕事をきちんとこなしているのだ。

全員がマリアの織機《おりき》のまえにいた。この数日のあいだ、だれもあの子のことを気にかけず、カリムもマリアなどいないかのようにふるまっていたのをいいことに、マリアはじゅうたんの模様《もよう》を変えてしまっていた。じゅうたんの真ん中には、黄色と赤のしま模様《もよう》の代わりに、ある風景が織《お》りあげられていた。

凧《たこ》だった。

大きな白い凧《たこ》、先っぽには、風にゆれる長い尾《お》がたれさがっていて、そのまわりには、青い雲のかたまりが浮《う》かんでいた。とてもきれいだった。

マリアはそのじゅうたんのわきに立ち、ますますちいさく、ますますかぼそく、傷《きず》つきやすく見えた。ご主人さまは口をポカンとあけていた。なにか言おうとするのに言葉がでてこない。口をパクパクさせて、カリムを見つめ、あたしたちみんなをながめ、おくさまの助けをもとめているみたいに、入口のほうを見ていた。

「怒《おこ》ってる。今に爆発《ばくはつ》する」みんながそう思っていた。

ご主人さまは、ぜえぜえとあえぎながら、知っているたったひとつの言葉を吐《は》きだした。

「墓《はか》だ！　おまえも墓《はか》行きだ！」

気がつくと、あたしたちはご主人さまをとりかこんでいた。こんなに弱々しくてかぼそいマリアが、「お墓《はか》」に耐《た》えられるわけがなかった。そんなことくらい、ご主人さまだってわかっているはずだった。

「墓《はか》行きだ！」もう一度、どなったけれど、ご主人さま自身もとまどっているようだった。

「神さま！　助けて！」頭のなかでさけんでいた。「お願いだから、だれかなんとかして！」

ご主人さまがマリアのほうに手をのばした。

はしっこのほうにいたサルマンが、ほかの子たちをひじで押《お》しながら、まえにでてきた。

「マリアを『墓《はか》』行きにするなら」きっぱりした口調で言った。「おれも『墓《はか》』にやってくれ」

見えた。

「おれにも罰《ばつ》をくれ、と言ったんだ」

「なに？　なんだと？」

穴《あな》ぼこだらけの顔とざらざらの手をしているのに、そのときのサルマンは美しく見えた。

「ああ、そんなことだったらあ」モハマドが話しはじめたけれど、ご主人さまのまえでは、なかなか言葉がでてこない。「なら、ぼ、ぼ、ぼ……」

「ほら、がんばれ！」うしろから励《はげ》ましの声があがった。

「ぼ……ぼくもよう、『墓《はか》』に、やってくださいよう」モハマドは、やっとのことで言いきった。

演説《えんぜつ》でもぶったみたいに満足げにあたりを見まわし、カリムがいつもやるように床《ゆか》につばを吐《は》いたけれど——実のところ——つばなどひとすじもでていなかった。

次の瞬間《しゅんかん》、あたしたちはみんな手をふりあげ、口ぐちにさけんでいた。

「ぼくもやって！」

「あたしもやって！」

ちっちゃなアリまで、あたしのうしろにかくれながら、さけんでいた。

ご主人さまは真っ青になっていた。どうしていいかわからず、せわしなく動きまわり、あたしたちをだまらせようとするのに、うまくいかない。このときほど、あたしたちのことが憎《にく》らしかったことはないと思う。みんなまとめて「墓《はか》」に埋《う》めてやる、と思っていたはずだ。けれど、さすがのご主人さまにも、それは不可能《ふかのう》だとわかっていた。

そして、とうとう逃《に》げだした。あたしたちは自分の目が信じられなかった。ご主人さまは、思いつくかぎりのおどしの文句《もんく》をつぶやきながら、足早にでていった。そのうしろで、あたしたちは歓声《かんせい》をあげ、やじを飛ばした。カリムはご主人さまといっしょにすがたを消していた。

一時間後、「お墓《はか》」に六日間入れられていたイクバルが、あたしたちのところにもどってきた。衰弱《すいじゃく》しきって、顔からは血の気がなくなり、飢《う》えでふらふらだったけれど、生きていた。

第9章

希望はどこに？

「ぼく、街まで行ったんだ」

イクバルはあたしたちに話してくれた。

「夜が明けはじめていた。灰色《はいいろ》の空から雨が降《ふ》り、あっちにもこっちにも水たまりができていた。ぼくは、どこへ行ったらいいかわからなくて、すこしのあいだ、あてもなくさまよっていたよ。背《せ》の高い建物ばかりの地区があった。あんまり高くて、てっぺんが見えないんだ。古い家がこわれてガレキが積み重なっている地区も通った。でも、だれも歩いていなかった。まだ朝早すぎたんだ。

それから、やっと、街からつづくすごく広くて長い通りにでた。『きっと、この道を行けば家族のいる家に着くんだ』と思った。なんとかして、トラックかバスにもぐりこむつもりでいたし、ほんとうにそうするところだった。でも、気がついたんだ。家には、きっとフセイン・カーンがぼくをさがしに来る。父さんや母さんに、ぼくを返すようにって、せまるにちがいない。母さんはきっとイヤだと言うだろうけど、父さんは法律《ほうりつ》を尊重《そんちょう》する正直な人だし、借金があるからイヤとは言えない。それで、ぼくは市《いち》の立つ広場をさがしたんだ。

見つけたよ。すごく大きいんだ、知ってるかい？　想像《そうぞう》もつかないくらいさ。何百という木の台がならんでいて、箱が山のように積みあげられているんだ。

雨が降《ふ》っているのに、マットの上には商品がならべてあって、商人たちはもう仕事をしていた。くだものの山に、トラックで運ばれてきた野菜の山。香辛料《こうしんりょう》の屋台には、かごがいっぱいならべてあって、一つひとつみんな色がちがうんだ。ごみが入らないように、ビニールでおおいがしてあった。肉屋の屋台では、べとべとした紙の短冊《たんざく》をつるして、肉をハエから守ってるんだ。地面にじかに品物を置いているだけの人もいたよ。市場ではなんでも売ってるんだ。古いものからヘンなもの、錆《さ》びて曲がったくぎまであったんだから」

「ウソだろ！」

「ほんとうだよ。だれが買うのか知らないけどね。それに、ほんもののお店みたいな屋台もあって、大きなラジオとか、機械のなかに入れると音楽が聞こえるカセットを売ってた」

「そんなの知ってるよ」カリムがもの知り顔で言った。

「それに、映像《えいぞう》が見えるカセットもあるんだって」

「それは知らないな」カリムがみとめた。

「時間がたつにつれて、人がどんどんふえてきて、混雑《こんざつ》がひどくなっていくんだ。

ぼくは何時間も歩きまわった。人ごみにまぎれているほうが、フセイン・カーンはぼくを見つけにくいだろうと思ったんだ。おもしろいものがいっぱいあって、あきなかったしね。見せ物もあった。手品を見たよ。ヘビ使いも！」

「ヘビ使いなんかいないだろ」

「それが、いたんだ！」

「ヘビが音楽に合わせて踊《おど》ったの？」

「そういうんじゃなかった。でも、かごからでてきたよ。頭が大きくてたちの悪そうな目をした大蛇《だいじゃ》なんだけど、ヘビ使いはそいつを手でつかむんだ」

「素手《すで》でか？」

「そうなんだ。それから、あちこちで食べるものも売ってた。すごく大きななべでサモサをあげてたし、シャミ・ケバブもあった。ほら、レンズマメとヒツジの肉をあげたやつだよ。バズマティ（パキスタンあたりでとれるお米）をたいてるなべとか、タンドーリチキンを焼いてる窯《かま》もあった。どれもすごくいいにおいがしてた。ぼくはおなかがすいてたんだ」

「それで？　どうしたの？」

「働いたんだ。そこにもいるんだよ」

「いるって、だれが？」

「ぼくたちみたいに働いている子どもだよ。市場じゅうにいるんだ。トラックの荷下ろしをしたり、箱を運んだりするんだけど、なかには腕《うで》が折れそうなほど重いのもあるんだ。仕事をするには、商人のところに行って、『おじさん、なにか仕事ない？』って聞くんだ。そしたら、『この荷物を運んでくれたら、一ルピーやるよ』って言われる。ぼくも、そうやって働いた。

でも、ぼくが働くのをいやがる子どももいたんだ。『あっち行けよ、だれだおまえは？　どこから来たんだ？　ここはおれたちのシマだ。仕事はおれたちのものだ』って言うんだ。騒《さわ》ぎになったら、人目につくんじゃないかって、心配になった。フセイン・カーンがぼくのことをさがしまわってるに決まってたから。だから、『ぼくにかまわないでくれ』って答えて、よそに行ったんだ。

それから長いことさがしまわって、やっとトラック一台分のヒツジの肉を荷下ろしさせてくれる肉屋が見つかった。血で汚《よご》れないようにって、ぼくに頭と肩《かた》をおおう袋《ふくろ》をくれたのは、ちょうどよかった。袋《ふくろ》をかぶっていれば、フセインはぼくだってわからないからね。人ごみのなかで、フセインを見たような気もしたんだ」

「でも、どうするつもりだったの？」

「わからなかった。何日間かその市場にいたら、なにか見つかるだろうと思ってた。午後おそくまで働いて、肉屋からもらった一ルピーで食事をしたよ。雨はやんで、青白い太陽が顔をだそうとしていた。ぼくは壁《かべ》にもたれて休んでいたんだ。と、ぼくより大きな男の子が二人近づいてきた。タバコを吸《す》いながら、『おまえ新入りか？』って聞くんだ。ヘンなしゃべり方だった。

『はい』

『どこから来たんだ？』

『田舎《いなか》から』ぼくはウソをついた。

『仕事をさがしてるのか？　おまえ、足が速いんなら、おれたちがやらせてやってもいいぜ』」

「なにをやらせてくれるって言ったの？」

「よくわからなかった。でも、そいつらナイフをもってて、ぼくにそれを見せたんだ。ぼくは、『けっこうです』って答えたんだけど、まだしつこく言ってきた。それで、『どこか眠《ねむ》るところを知ってますか？』って聞いたんだ。そしたら、笑いだして『ここさ。どこでも好きなところで眠《ねむ》ればいいさ。どの屋台も、夜には宿屋の部屋に早変わりってわけだ。だが、気をつけたほうがいいぜ、新入り』

『どうしてですか？』

『気をつけろって言ってんだ！』

怖《こわ》かったよ。ひとりぼっちだし、どうすればいいのか、どこに行けばいいのか、わからなくなった。みんなのことを思いだしてさみしくなったよ。『逃《に》げだしたのは、おろかなことだったかもしれない』って、思った。市場は人がいなくなって、日がくれようとしていた。気持ちがどんどんしずんでいって、家に帰りたかった。

だれかがぼくやみんなを助けてくれるだろうと思って逃《に》げだしたのに、ぼくはひとりぼっちだった」

「それで、どうしたの？」

「バスが来るのが見えたんだ。あの、大きくて色とりどりで、たくさんのライトとラッパのついたやつだよ。ファティマ、ぼくがどんなにあれに乗りたいって言ってたか、覚えてる？」

「覚えてるわ」

「ぼくはバスに乗りこんで、街を回った。車掌《しゃしょう》さんに見つかってののしられ、降《お》ろされると、また別のバスに乗り、それからもう一台乗ったんだ。最後に乗ったバスから、見たこともない地区で降《お》ろされたときには、もう夜になっていて、またおなかがすいてきた。楽しいバスの旅はおわり。ぼくは、入口の門があいている建物を見つけて、中庭に入りこむと、風を感じないようにしっかりからだをまるめて、そこで眠《ねむ》りこんだ。

朝になると、門番が棒《ぼう》をもって追っかけてきて、たたきだされちゃったよ。それから、また市場にもどって、トラック二台分のスイカを荷下ろししたんだ。フセイン・カーンに見つかるんじゃないかって、ずっとビクビクしてたけど、ここに、何日かいよう、と思った。フセイン・カーンも、そのうちぼくのことをさがすのに疲《つか》れるだろうから、そしたら、家に帰れるだろう、ってね。でも、自信はなかった。このままずっと、市場で野良犬《のらいぬ》のように生きなきゃいけないんじゃないかって、怖《こわ》かった。その日の午後だよ。あの人たちが来たのは」

「だれのこと？」

「みんなでいっしょに集まってきたんだけど、なかには女の人もいた。その人たちは舞台《ぶたい》のようなものを組み立てて、横断幕《おうだんまく》とかはり紙をしていた。もちろん、ぼくにはなにが書いてあるかわからなかった。

すぐに、すごい人だかりができたよ。警察《けいさつ》もやってきて、その人たちのまわりをかこんでいた。ぼくは、『警察《けいさつ》はあの人たちを助けてるんだ』と思ってた。舞台《ぶたい》の上には、男の人が上がっていた。見たとたん、なぜかわからないけど、その人が好きになったんだ。『きっと、いい人だ。ひげはピンと張《は》って、きちんと手入れされてるし、清潔《せいけつ》な白いシャツを着ているもの』と思った。その人はマイクに向かってしゃべりはじめたんだ」

「なんて言ってたの？」

「それはね……。今まで聞いたこともない言葉だったから、よく覚えてるよ。その人は、『わたしたちは、パキスタンの児童労働解放《かいほう》戦線のものです』って、言ったんだ」

「なんだ、それ？」

「よくはわからない。でも、織機《おりき》に鎖《くさり》でつないだり、レンガ工場で奴隷《どれい》みたいに働かせたりして、もうけをひとりじめするのは、搾取《さくしゅ》って言って、血も涙《なみだ》もない、ひどいことだって言ってた。工場の主人たちは金もうけしか考えず、悪いことだって知っているのに、子どもを働かせてるんだって」

「ほんとうに、そんなこと言ってたの？」

「ほんとうだよ。それに、今ではパキスタンにも、子どもから搾取《さくしゅ》したりしたら、刑務所《けいむしょ》に入れられるっていう法律《ほうりつ》があるんだって。そんなふうなことをほかにも言ってた」

「いいぞ！　いいぞ！　そのとおりだ！」

「そうなんだ。でも、まわりに集まっていた人たちのほとんどは、そうは思っていなかった。商人たちはののしりの言葉を浴びせてたし、演説《えんぜつ》をやめさせようとして、野菜を投げつける人もいたんだ。

『とっとと帰れ！　いいかげんなことを言うな！　うらぎり者！』って口ぐちにさけんでた。でも、その男の人は、まわりの声が大きくなると、それよりももっと大きな声で訴《うった》えつづけた。おどしに負けたりしなかったんだ。みんなにも見せたかったよ。じゅうたん商人たちは、怒《いか》りくるってた。舞台《ぶたい》の上にのぼりそうないきおいで、『でたらめだ！　ウソ八百だ！』ってわめいてた。ぼくは、『この人なら、ぼくやみんなを助けてくれるかもしれない』って思った。話がしたくて、舞台《ぶたい》に近づこうとしたんだけど、人が多すぎた。それに、舞台《ぶたい》は警察《けいさつ》にかこまれていた。そのとき、ぼくは、『警察《けいさつ》の人に言えばいいんだ。警察《けいさつ》はあの人たちを助けるためにここにいるんだから。あの人は、法律《ほうりつ》があるって言ってたし』って、思ったんだ。それで、一番近くにいたおまわりさんに、『あの人の言ってることはほんとうです』って言った。『ぼくとぼくの友だちは、じゅうたん商人のところで奴隷《どれい》にされてるんです』って。

『なら、なんでおまえはここにいるんだ？』おまわりさんが聞いた。

『逃《に》げてきたんです』ぼくは答えた。

『おまえのご主人はなんという名前だ？』

『フセイン・カーンと言います』

おまわりさんはあたりを見まわして、『ついてきなさい』って言ったんだ。

『どこへ行くんですか？』

『怖《こわ》がらなくてもだいじょうぶだ。われわれの宿舎《しゅくしゃ》だ。食べるものをあげよう。そのフセイン・カーンに会いに行くのは、明日の朝にしよう』

『フセインを刑務所《けいむしょ》に入れてくれるの？』ぼくは聞いた。

『どうすればいいかは、わかっているから』って言われたよ。宿舎《しゅくしゃ》では親切にしてくれた。どんぶりいっぱいのごはんをくれたし、独房《どくぼう》のベッドを使わせてくれたんだ。といっても、ぼくは刑務所《けいむしょ》に入れられたわけじゃないよ。好きなときに外にでていいって、言われてたんだから。

翌朝《よくあさ》、なにが起こったかは、みんなも知ってるとおりだよ。あのときフセインは、ぼくたちはみんな労働者で、全員きちんと支払《しはら》いを受けているし、鎖《くさり》なんかないって言ったんだ。おまわりさんたちはそれを信じてしまった」

「信じてなんかないわ」あたしは説明した。「お金を受けとったのよ。あたし見たもの」

あたしたちはため息をつきながら、おたがいに顔を見まわした。みんなイクバルのワラぶとんのまわりに集まっていた。まだ顔色がとても悪く、衰弱《すいじゃく》していて、しゃべるのもひと苦労のようだった。

「警察《けいさつ》も信用できないんだとしたら」あたしは、みんなの気持ちをくみとって言った。「いったいだれがあたしたちを助けてくれるの？」

「児童労働解放《かいほう》戦線の人たちだよ」イクバルが答えた。「あの人たちなら助けてくれる」

「そうかもしれない。でも、どうやってその人たちを見つけるの？」

イクバルはニヤリと笑うと、ズボンのポケットに手をつっこみ、紙切れをとりだした。

「なに？」みんなが聞いた。

「あの人たちが配ってたんだ。きっと、どうやったらあの人たちを見つけられるか、書いてあるはずだ」

その紙が、手から手へわたった。みんな、それをさわって、見つめながら、まごついていた。

「わかったよ、兄弟」とうとう、サルマンが言った。「おまえの言うことは正しいかもしれない。でも、ひとつ忘《わす》れてることがあるぜ。おれたちは、だれも字が読めないってことだ」

長い沈黙《ちんもく》があった。

うしろのほうから、今までだれも聞いたことのない声がした。

「ちがうわ、わたし、読める」しゃがれたような声だった。

あたしたちはみんな、ポカンと口をあけたまま、マリアを見つめていた。

第10章
結ばれたきずな

そして、とうとう春がきた。

凧《たこ》あげの春――あれから何年もたつけれど、あたしはいつも心のなかでそうよんでいた。今でも山から吹《ふ》きおりる春の風を、肌《はだ》に感じることがある。最初は冷たいけれど澄《す》んでいて、やがて陽の光であたためられると、雲や煙《けむり》や街のほこりを吹《ふ》き払《はら》い、何か月も染《し》みこんでいた雨や湿気《しっけ》を乾《かわ》かして、あたしたちを笑顔《えがお》にしてくれる。

敷石《しきいし》のはげた中庭にも草が芽吹《めぶ》き、名前も知らない花が咲《さ》いていて、お昼の休けいで外にでると、かすかにいいにおいがした。ねこが二ひき、すがたを見せるようになったけれど、あたしたちにはどうしてもつかまえられなかった。

モハマドは、寝《ね》そべって太陽を浴びながら、いつものまのびした方言で、満足そうにおしゃべりしていた。ご主人さまに怒《おこ》られるんじゃないかとビクビクしているカリムは、陽を浴びながらもぶつぶつ不平を言っていた。ガリはますますやせて、それこそガリガリになっていた。腕《うで》が治ってみんなと同じように働かなければならなくなったからだ。ちっちゃなアリは、冬のあいだに森のキノコのように成長して、もう以前のアリではなくなっていた。

イクバルはまた逃《に》げだしたけれど、今回はきっとうまくやると、みんな信じていた。

冬のあいだじゅう、あたしたちは準備《じゅんび》をしていた。毎晩《まいばん》、カリムとガリが、ご主人さまの家から盗《ぬす》んできたロウソクの燃《も》え残りに火を灯《とも》し、マリアがみんなを集めて、字の読み方を教えてくれた。マリアは、決めたことはぜったい曲げないがんばり屋だ。サルマンのようなガチガチの石頭も、カリムのようなまるでやる気のない子も、きびしく監視《かんし》するマリアの目からは逃《に》げられなかった。黒板はなかったから、手のひらで土の床《ゆか》の一部を平らにならして、そこに、先のとがった棒《ぼう》で、文字を書いた。できが悪くて残された生徒みたいに、みんなでその文字を声にだしてくりかえした。

「ぜんぜんわからない」三文字だけで頭がごちゃごちゃになったカリムが、文句《もんく》を言った。「覚えられないよ」

「だまって！」マリアがしゃがれた声でしかって、またくりかえさせた。

彼女はあたしたちに読み方を教え、あたしたちは彼女に、もう一度話すことを教えた。

マリアのお父さんは、ちいさな村で学校の先生をしていた。お母さんは、ずっとまえに死んでしまっていた。マリアはちいさなころから、今にもバラバラにこわれてしまいそうな、ほこりまみれの古い絵本で遊んでいた。そのうち、ほとんど一人で読み方がわかるようになった。村の小作農たちは、子どもに畑仕事をさせなければ、くらしていけなかった。けれど、ときどきは、読み書きを勉強させるために、子どもをマリアのお父さんにあずけた。学費は、払《はら》えるときだけ、畑からとれた作物で払《はら》った。小作農たちと同じくらい、マリアのお父さんもお金がなかった。

「子どもたちが、字を読めないままにしていてはいけない」マリアのお父さんは、いつも言っていた。「そうしないと、あなたがたと同じように、働いても働いても生活が苦しい小作人のままだ。子どもたちに、そんな思いをさせたいんですか？」

「いいえ、先生」小作農たちは、尊敬《そんけい》のしるしにぼうしをとって答えた。

村の人たちは先生のことをほんとうに尊敬《そんけい》し、先生の言うことを心から信じていた。けれど、彼らが子どもだったときと同じように、子どもは、畑仕事や地主さまの手伝いなど、家の仕事にかりだされた。学校に行っている時間もお金もなかったのだ。

「金持ちの子どもたちを教えたほうがいい」小作農たちは勧《すす》めた。「学校はあの人たちのものだ」

けれど、マリアのお父さんは、金持ちのところにはけっして行こうとしなかった。その代わり、とうとう村の高利貸《こうりが》しのところに行かねばならなくなった。そして、二度目には、家にもどるなり、胸《むね》のあたりがひどく痛《いた》むと言ったきり、なにもしゃべらなくなった。その翌日《よくじつ》、マリアをつれに、男が二人やってきた。お父さんは、寝床《ねどこ》に横たわったまま、頭もあげなかった。そのときから、マリアは口をきかなくなった。

「ほんとうはなんていう名前なの？」マリアの話を聞きおわると、あたしたちはすぐにたずねた。

「わたしの、名前、は、マリア」ひと言ひと言、言葉をたしかめるようにしながら、ぎこちなく答えた。「だって、みんながそうよんでくれたから。みんながわたしの家族だもの」

イクバルが来てからほぼ一年がすぎていた。あたしたちのなかで、なにかが変わっていた。それまでは、全員が同じ運命を背負《せお》っているというだけで、一人ひとりが、かってに生きのびようともがいていた。それが今では、しっかりしたきずなのようなものができ、友だち、いや、それ以上になっていた。

ある夜、あたしたちはついに、イクバルが持ち帰ったチラシを解読《かいどく》した。とつぜん、あの土の上に描《えが》かれたいびつな記号や、鳥の足あとにしか見えなかったものが、ちゃんとした意味のある言葉になった。チラシの上にならんだ文字を読んでいくと――なにもしないのに――ひとりでに言葉がつながって、なにを言っているのか、わかったのだ。

信じられなかった！　心臓《しんぞう》があばれていたのを覚えている。これが、字が読めるってことなんだ！　動かないものを見ていたはずなのに、それがとつぜん、人間のように生きて、話しかけてきたのだから。

「やったあ！」あたしたちは大声でさけんでいた。それから、あわててワラぶとんにもぐりこんだ。おくさまを起こしてしまったと思ったのだ。

チラシに書いてあったことは、何度も何度も声にだして、くりかえし読みあげたから、今でも覚えている。こう書いてあった。


児童の不当労働はもうたくさん！


パキスタンでは七〇〇万人以上の子どもたちが、どん欲《よく》で良心のかけらもない雇《やと》い主《ぬし》のために、田畑やレンガ工場やじゅうたん工房《こうぼう》で働かされ、まさに奴隷《どれい》のような生活をしています。子どもたちは、鎖《くさり》につながれたり、なぐられたり、あらゆる方法で虐待《ぎゃくたい》されています。

夜明けから日暮《ひぐ》れまで働いているのです！

苦役《くえき》の報酬《ほうしゅう》として受けとるのは、一日一ルピー！

それなのに、雇《やと》い主《ぬし》たちは、外国の商人たちに高価《こうか》なじゅうたんを売って、金をもうけているのです！

警察《けいさつ》は買収《ばいしゅう》されています。なにもかも知っているのに、口だしをしません！

しかし、今やわが国にも、非合法《ひごうほう》の工場を閉鎖《へいさ》し、経営者《けいえいしゃ》を逮捕《たいほ》する法律《ほうりつ》があるのです。

法を守りましょう！

わが国の名誉《めいよ》を汚《けが》すこんな恥《は》ずべき行いは、おわりにしましょう！

子どもたちには、子どもの権利《けんり》があるのです！

わたしたちに連絡《れんらく》をください！

ともに闘《たたか》いましょう！

児童労働解放《かいほう》戦線

もちろん、あたしたちがあれだけさがしていた住所も書いてあった。今や、問題はその場所に行くことだけだった。あたしたちは計画をねった。

とつぜん、ケンカがはじまった。みんなが中庭で静かにくつろぎ、日向《ひなた》ぼっこをしながらお昼ごはんを食べていたときだ。モハマドが、レンズマメのスープのおわんをひっくりかえしながら、サルマンにつっかかっていった。乱暴者《らんぼうもの》のサルマンが、モハマドの不格好《ぶかっこう》に大きい足をからかったものだから、山っ子モハマドのほうも、負けずにやりかえしたのだ。

次の瞬間《しゅんかん》にはなぐり合いがはじまり、カリムがやめさせるまもなく、とっ組み合いのケンカは、全員に広がっていた。サルマンを応援《おうえん》する子、モハマドに味方する子、どちらにもつかない子たちまで、おもしろがって手をふりあげて騒《さわ》いでいた。あたしたち女の子も、ほこりと羽毛《うもう》を舞《ま》いあげて騒《さわ》ぐガチョウのように、中庭を走りまわって、決められた役をつとめていた。

おどろいたおくさまは、大なべをとり落とし、レンズマメのスープをあちこちにぶちまけてしまった。そのまま、太い足でどたばたと家のほうにかけだすと、ご主人さまをよびに行った。

ランニングすがたのご主人さまがでてきた。食べかけの昼食で、口ひげがべとべとしていた。

「やめろ！　やめるんだ！」

騒《さわ》ぎが静まるまで、たっぷり十分はかかった。さらに十分ほど、みんないっしょに、これまでにないほどどきつくどなりつけられた。ケンカをした張本人《ちょうほんにん》の二人は、いつものおどしと「お墓《はか》」行き一日の宣告《せんこく》を受けた。

それから、あたしたちはスープだらけになった中庭のそうじをはじめた。

ご主人さまは、血だらけになりながらもまだののしり合っているサルマンとモハマドを、あの言わずと知れた階段《かいだん》の下まで、やっとのことで引ったてていった。二人を「お墓《はか》」に閉《と》じこめると、中断《ちゅうだん》していた食事にもどった。カリムは、あたしたちをちいさな兵隊さんのようにならばせて、工房《こうぼう》までつれていった。織機《おりき》に向かわせ、全員きちんと仕事をしているか、人数を数えはじめた。しばらく考えてから頭をかき、二、三度床《ゆか》につばを吐《は》きだした。さらに数分かかって、やっとどこかおかしいと気づく。ゆっくりと中庭をよこぎっていき、ズボンを引っぱりあげると、ご主人さまの家のドアをたたいた。カリムは、数えたところ働き手が一人足りないと報告《ほうこく》した。ご主人さまは、ぼうぜんとしていた。

一人いなくなったのは、ほんとうだった。騒《さわ》ぎのすきに、イクバルが中庭のおくの塀《へい》を乗りこえ、まえにも通ったことのある道をたどって、ふたたび脱走《だっそう》したのだ。

第11章 青空に舞《ま》った凧《たこ》

あの日、市場で演説《えんぜつ》をしていたというイーサン・カーンは、イクバルが話してくれたとおりの人だった。背《せ》が高く、たくましいわけではなかったけれど、鉄のような強い意志《いし》を全身にみなぎらせていた。黒い髪《かみ》とひげはよく手入れされ、いつも真っ白な服を着ていた。イーサン・カーンは、もう何年ものあいだ、奴隷《どれい》のように働かされる子どもたちを解放《かいほう》することに、人生をささげていた。おどされたり、なぐられたり、刑務所《けいむしょ》に入れられたこともあった。けれど、そのたびに、まえよりもっとがんばって、いっしょうけんめい、また一からやりなおすのだった。

がんこなのはほんとうだ。なかでも、自分の考えと使命は、ぜったいに変えようとしなかった。あんなおとなの人に会ったのは初めてだ。あたしたちの親はいつも疲《つか》れていて、なにかに反対することなどなかったし、彼らの親やそのまた親が生きてきたとおりに生きていた。世の中のことは、いつもそんなふうで、変えようにもどうしようもないのだと思っていた。

収穫《しゅうかく》は地主さまがみんなもっていき、水牛は病にかかり、高利貸《こうりが》しは彼らの人生や子どもたちをうばっていく。

それでも、「いつだって、そうだった」と、言っていた。

あたしも、イクバルと知り合うまでは、そんなふうに思っていた。織機《おりき》につながれ、糸をより合わせているのもしかたのないこと。がんばったって、さけることはできないし、これがあたりまえなんだと思っていた。イーサン・カーンはあたしに目をひらかせてくれた。彼の言ったことは――あのころのあたしは、あまりにちいさく無知だったから――ぜんぶはわからなかったけれど、今でもよく覚えている。

イーサン・カーンは、もともとの家族をとりあげたりすることはけっしてしなかったけれど、あたしたち多くの子どもにとって、第二の父親になった。とりわけ、イクバルにとっては、新しいお父さんになった。きっと運命だったのだと思う。二人とも、ほんとうの親子のように、意地《いじ》っ張《ぱ》りで、向こう見ずで、世界を変えなければならないと信じていたから。

イーサン・カーンと児童労働解放《かいほう》戦線のほかの二人が、ご主人さまの家にすがたをあらわしたとき、あたしたちには、もう止めることができないとわかっていた。おまわりさんも一人ついてきた。まえのときの人と同じように太ってはいたけれど、こんどはぱりっとした制服《せいふく》を着ていた。

「司法警察官《けいさつかん》だよ」だれかが言った。

それからもうひとり、背《せ》が高くてやせた男の人もいた。目つきが鋭《するど》く、怖《こわ》そうな感じがして、判事《はんじ》だと名のっていた。

そして、イクバルがいた。目をかがやかせたイクバルが、はねまわりながら、あたしたちに腕《うで》で合図を送っていた。

「やった！」あたしたちはさけんだ。「こんどこそ、やったんだ！」

フセインはおどしたり、抗議《こうぎ》したり、おがんだり、べとべとする手をもむようにしたり、帯のあいだにはさんだ札束をなにげない顔でちらちら見せたりしていた。でも、なにをやってもむだだった。

イクバルが先頭に立って、みんなを工房《こうぼう》につれてきた。

「この子どもたちを見てください」イーサン・カーンが判事《はんじ》に言った。「どんなにやせているか、見てやってください。傷《きず》と水ぶくれだらけの手を。足の鎖《くさり》を」

そのあと、イーサン・カーンたちは、中庭をよこぎって「お墓《はか》」につづく階段《かいだん》を降《お》りていった。「お墓《はか》」から、サルマンとモハマドをかかえだす。二人は、光に目をしばたかせ、ふらつきながらも、あたしたちと同じようにおどけて勝利のさけび声をあげた。おまわりさんはご主人さまを連行し、おくさまは家に閉《と》じこもって、すすり泣いていた。

鎖《くさり》が解《と》かれ、工房《こうぼう》のドアが大きくあけ放たれた。

「きみたちは自由だ、行ってもいいんだよ」

あたしたちはみんな、おどおどしながらでていった。そして、通りに面した門のところまで来ると、そこから顔をのぞかせ、きょろきょろと通りをながめていた。ちいさな人だかりができて、なかにはなにかさけんでいる人もいた。あたしたちはうろたえて、なかに引っこんでしまった。

「どこに行ったらいいの？　わからないよ」とうとう、だれかが言った。

あのときの感じはよく覚えている。どうすればいいのか、ぜんぜんわからなかった。自由になったら……。イクバルやみんなと夜な夜な話をし、計画を立ててきたのに……。そのときが、ほんとうに来たら、怖《こわ》くなってしまったのだ。

イクバルが一人ひとり、みんなをだきしめた。

「いっしょにつれていこう」イクバルがイーサン・カーンに言った。「解放《かいほう》戦線の本部に！」

あたしたちは二台の車に、押《お》し合いへし合いしながら乗りこんだ。車が動きだすと、あたしはからだをよじって、なんとかうしろをふりかえった。窓《まど》の向こうのご主人さまの家や、工房《こうぼう》や、井戸《いど》のある中庭が、まきあがるほこりのなかで、だんだんちいさくなっていった。あたしがこの何年かをすごした場所……。あそこ以外に、自分の家があったことすら、忘《わす》れていた。

車がゆれて、すぐよこにいたイクバルのからだがぶつかってきた。あたしは聞いてみたくなった。

「またあそこを見ることがあると思う？」

「二度とないよ」イクバルはきっぱりと答えた。

車が角を曲がると、じゅうたん工房《こうぼう》は見えなくなった。なつかしいと思うものは、たったひとつ、トイレの窓《まど》だけ。あの窓《まど》の外の青空に咲《さ》いたアーモンドの花が、あたしの希望を消さないでくれた。

児童労働解放《かいほう》戦線の本部は、植民地時代の古い家で、壁《かべ》にぬられたうすいピンク色は、あせてはげ落ちていた。ちいさな庭は、高いフェンスでかこまれ、市場の裏《うら》にある交通量の多いせまい通りに面していた。建物は二階建て。古くてごちゃごちゃしていたけれど、初めて見たときから、きれいで居心地《いごこち》がよさそうだと思った。家という感じがしたし、あたたかくて、守られている気がした。

一階には、テーブルとガタガタするいすがならべてある大きな部屋があった。なかには新聞や本やチラシの箱が積みあげられ、ポスターや横断幕《おうだんまく》もいっぱいあった。二つの扇風機《せんぷうき》が煙《けむり》の充満《じゅうまん》した空気をかきまわし、野良犬《のらいぬ》が三びき、出たり入ったりしていた。電話がひっきりなしに鳴り、シャツすがたの男の人たちが大きな声をだして、興奮《こうふん》したようすで話をしていた。あたしたちが通るのを見ると、男の人たちは話をやめた。あたりは急に静かになって、それから、拍手《はくしゅ》が起こった。

あたしたちは、一列になって進みながら、目をぱちくりさせた。どぎまぎしながら、もっとちいさくなって、かくれてしまいたいと思っていた。

「ここが、児童労働解放《かいほう》戦線の本部なんだ」イクバルが説明した。「みんな友だちだから、怖《こわ》がることないよ」

「でも、どうして拍手《はくしゅ》してるの？」

「ぼくたちをほめてるんだよ」

「あたしたちを？」

二階には部屋がいっぱいあった。大きなキッチンもあって、とてもいいにおいがただよってきた。それから、「用を足す場所」もあった。街の広場くらい大きくて、とても清潔《せいけつ》で、なにに使うのかわからない巨大《きょだい》な水そうがついていた。そこには、女の人が三人いて、あたしたちを見ると、走りよってきてだきしめ、ひっきりなしに話をしながら、からだのあちこちにふれた。

「まあ、なんてかわいそうな子どもたち」

「こんなにやせて……」

「この手、見てごらんなさいな……」

「それから、この足首のあと……。ひどい傷《きず》……」

「それに、シラミだらけよ……」

なにがなんだかわからないうちに、あたしたちは巨大《きょだい》な水そうをどうやって使うのかを覚えた。水そうには熱いお湯がいっぱいに満たされ、いやがるあたしたちは、いきなり一人ずつお湯のなかにしずめられた。すぐにからだを洗《あら》われ、ゴシゴシこすられたり、ブラシで髪《かみ》をすかれたり、シラミをとられたりした。それから、あたしたちは清潔《せいけつ》な服をもらい、食べ物をたっぷり食べた。近くの部屋には、急ごしらえの寝床《ねどこ》が準備《じゅんび》されていた。

夜になるころには、あたしは生まれて初めておなかいっぱいになり、清潔《せいけつ》なシーツと、心地よい石けんのにおいにくるまれていた。いつまでもにぎやかな下の通りからは、たくさんの騒音《そうおん》が聞こえていた。エンジンのごう音、クラクション、ロバの鳴き声、さけび声や笑い声、サイレン、わけのわからない物音。

「ひと晩《ばん》じゅう、眠《ねむ》れないかも」と、思っていたのに、ふいに眠《ねむ》りに落ちていた。

次の日、あたしは、夜明けには目がさめてしまった。いつもの時間だ。どこにいるかわからないまま、あたりを見まわし、「織機《おりき》のところに走っていかなきゃ。おそくなっちゃったから、ご主人さまにしかられる」と思った。あたしは起きあがって、大急ぎで服を着た。廊下《ろうか》にでていくと人気《ひとけ》はなく、大きな家は静まりかえっていた。下の階をのぞいても、織機《おりき》もご主人さまも仕事もなかった。

あたしは階段《かいだん》にすわり、声をあげて泣きだした。なぜだかわからない。こんなふうに泣いたことは、もう何年もなかった。フセイン・カーンの工房《こうぼう》に閉《と》じこめられ、さみしくて途方《とほう》にくれていたときも泣かなかったし、一日じゅう働いて、手が傷《きず》だらけになって血に染《そ》まったときも、泣かなかった。地下の「お墓《はか》」でイクバルが死んでしまうんじゃないかって心配したときも、涙《なみだ》で目が熱くなっただけ。声をあげて泣くことはなかった。でも、このときは、むせび泣きが止まらなかった。まえの日に知り合った女の人が一人、キッチンでおいしそうなべをかきまわしていたのに、でてきてあたしを腕《うで》にだいてくれた。

「だいじょうぶ、怖《こわ》がらなくていいのよ」女の人は言った。「みんなおわったんだから」

けれど、あたしは怖《こわ》くて泣いていたんじゃなかった。目に見えない、形も大きさもわからない不安に、おしつぶされそうになっていた。

ぼつぼつと、ほかのみんなも目をさましてきた。落ちつかない目をしているところを見ると、どの子もあたしより元気というわけではなかった。みんなで朝食を食べたあとは、大部屋と庭に散らばっていった。でも、なにをしたらいいのか、わからなかった。

女の人——あとでイーサン・カーンのおくさんだとわかった——が、あたしたちを見つけると、声をかけた。

「ほらみんな、遊びなさい！」

あたしたちは、まごまごしながら、何人かずつにわかれてみたものの、もう何年も遊んだことなどなかったから、どうすればいいかわからなかった。

いつものように白い服を着たイーサン・カーンが、やってきた。笑いながら、あたしたちを集め、それぞれ自分の村の名前を教えてほしい、と言った。あたしたちの家族に連絡《れんらく》をとって、家にもどれるようにしてくれるというのだ。

「お父さん、お母さんに、また会えるんだよ」と、言われた。

あたしたちのほとんどは、わあっと、うれしそうに声をあげて、イーサン・カーンのまわりに群《むら》がり、へんちくりんな、知らない地名をさけんでいた。けれど、その輪から離《はな》れてしまった子どもたちもいた。

大きいからだをもじもじさせていたカリムが、ぼそっと言った。

「ぼくには家族がない。ぼくはどこに行けばいいんだ？」

ちいさなマリアがよってきて、あたしの腕《うで》のなかにかくれ、まだもとにもどらないしゃがれた声で、そっとささやいた。

「わたしのお父さんは死んじゃったんじゃないかと思うの。わたしには、あなたたちしかいない。ファティマ、あなたはどこへ行くの？」

あたし？　そう、あたしはどうすればいいんだろう？　あたしには、おぼろげな母さんの顔と、たくさんの兄弟の色あせたすがたしか思い浮《う》かばなかった。自分の村の名前さえちゃんと覚えていない。どこかの畑の真ん中に、四軒《けん》ほどの小屋があったことだけ。それすらあたしの想像《そうぞう》で、もともと存在《そんざい》しなかったのかもしれないと思うこともあった。

イクバルがそばに来た。

「行ってしまうんでしょう、そうよね？」あたしは聞いた。

あたしは、イクバルが家族との生活を忘《わす》れないようにと、記憶《きおく》の細かい部分にまでこだわっていたのを思いだした。イクバルはあたしをまともに見るのをさけるみたいに、顔をそむけた。

「うん」と口ごもる。「そうすると思う」

「お父さんお母さんと、また会いたいのね」

「もちろん」また口ごもった。

「うれしくないの？」

イクバルは、ちょっとのあいだ、だまっていた。

「わからない」やっと言った。

わたしには理解《りかい》できなかった。

「ほら」ゆっくり話してくれた。「もうずいぶんたっているし、家族には会いたいと思うよ。父さんにも母さんにも会いたいさ。でも、二人みたいな生き方はしたくないんだ」

「また、売られてしまうかもしれないってこと？」

「そういうわけじゃないよ」彼は答えた。「ぼくの父さんは、きみのお父さんと同じで、売りたくって子どもを売ったわけじゃない。親にとってはひどい苦しみだったのに、そうするよりほかなかったんだ。いや、だからってわけじゃない。ぼくには、別にしたいことがあるんだ」

「なに？」

イクバルのまなざしはイーサン・カーンを追っていた。

「まだわからない」ぼそっと言った。

あたしたちは、うなだれたままだまっていた。すると、イクバルはあたしとマリアの手をとった。

「行こう！」イクバルはさけんだ。

「どこへ？」

「外にでようよ」

「外に？」あたしたちは聞いた。「そんなことできるの？」

「もちろんできるさ。ぼくたちは自由なんだ！」

「で、なにをしたいの？」あたしたちは、声をそろえて聞いた。

イクバルはなぞめいた表情《ひょうじょう》を浮《う》かべた。

「イーサン・カーンがプレゼントをくれたんだ。それに、ファティマ、きみとは約束をしただろ」

外はなにもかもが目新しく、奇妙《きみょう》で、騒《さわ》がしかった。いつまでもあきずにあたりを見まわしていた。お日さまと風のにおいがした。あたしたちは街を見下ろせる丘《おか》に登った。ふもとの家並《いえな》みが見えなくなってもどんどん登っていくと、てっぺんのなにもないところにでた。石ころと草と午後の熱気だけがあった。下に見える街はもやにつつまれていたけれど、あたしたちのいる場所は、空気が澄《す》んで、すっきりと晴れわたっていた。

「見ちゃだめだよ！」イクバルが命令した。

みんなは手で目をおおったけれど、あたしにはマリアが指のあいだからのぞき見しているのがわかったから、あたしもそうしてみた。イクバルは服の下にかくしていた包みをとりだし、白地に色のついたなにかを、草の上に広げた。それから、糸まきのようなものをほどくと、走りだした。

「もういいよ！」と、さけんだときには、凧《たこ》が空高くあがり、風にとびはねていた。

それから、あたしたちは、みんなで凧《たこ》を高く高くあげた。雲にもとどきそうなくら

い、いや、雲より上まで。あたしたちは時がたつのも忘《わす》れて、手から手へ凧《たこ》をわたし合って、丘《おか》を走りつづけた。でも、とうとう強い風にあおられて糸がちぎれ、凧《たこ》は太陽に向かって、青空のなかに吸《す》いこまれていった。

だれもが汗《あせ》を光らせ、息をはずませていた。

「こんどは、みんなで凧《たこ》をつくろうよ」あたしたちは誓《ちか》い合った。

午後おそくになって、丘《おか》の斜面《しゃめん》をみんなでかけおりていった。

「決めたよ」走りながらイクバルが言った。

「ぼくはイーサン・カーンのところに残る。みんなといっしょだ」

第12章 決意

「ぼくは、ここに残りたい」

その夜のうちに、イクバルは告げた。夕食後、一階の大部屋には、運営《うんえい》委員の男の人や女の人が集まっていた。

「ぼくは、パキスタンで奴隷扱《どれいあつか》いされている子どもたちみんなを、自由にする手伝いをしたいんです」

イーサン・カーンは、彼を見てにっこり笑った。

「そうはいかないんだよ、イクバル。きみはとても勇敢《ゆうかん》だった。あのご主人から自由をとりもどし、なかまたちも自由にできた。けれど、わたしたちといっしょに残ることはできないんだよ。きみにはきみの家族があるからね。きみをご両親のもとにもどさなければ、お父さん、お母さんはなんとおっしゃるだろう？」

「ぼくが家族のもとにもどっても、なんの役に立つって言うんですか？」イクバルは反論した。「一年もすれば、いや、それよりまえに、また奴隷《どれい》にもどるかもしれない。ここにいるファティマやマリアだって。それから、ほかのなかまたちだってそうです。ぼくたちのように働いている子どもたちは、どのくらいいるんですか？」

「正確《せいかく》にはわからない。たくさんいるよ。ここ、ラホールだけでも、子どもたちをこっそり働かせているじゅうたん工房《こうぼう》が何百とあるし、レンガ工場もある。それに、山地のほうに行けば、鉱山《こうざん》だってそうだ。それから、農家にも奴隷《どれい》のようになっている子どもたちがいる。何万人、いやたぶん、何十万人とね……」

「みなさんは、子どもたちを自由にしたいんでしょう」イクバルが言った。「ぼくもそうです」

マリアとあたしは、この話し合いをあっけにとられながら聞いていた。あたしたちには、こんなふうにおとなと対等に話す勇気などもてない。けれど、このときのイクバルは、まるっきりおとなみたいだった。

「考えてみないか、イーサン」別の男の人が口をはさんだ。「この子は利口だし、力になってくれるかもしれない。わたしたちより、同じ子どものイクバルのほうが、ほんとうのことを話しやすい場合もある。必要な証拠《しょうこ》を手に入れるのがどんなにむずかしいか、みんな知っているだろう。この子がいなければ、フセイン・カーンをつかまえることだってできなかったんだ」

イーサン・カーンはそれでも首を横にふって言った。

「だめだ。この子には、勉強しなければならないことが山のようにある……」

「勉強もします」イクバルが約束した。「ぼくは、もう読み書きも勉強したんだ。あの、ちょっとだけね」

「危険《きけん》すぎる。じゅうたん工房《こうぼう》の主人たちは大きな権力《けんりょく》をにぎっているし、レンガ工場の主人たちもそうだ。高利貸《こうりが》したちも力をもっている。警察《けいさつ》がやつらの言いなりになるのを、きみたちも見ただろう。判事《はんじ》たちは見て見ぬふりをする。ここにいるわれわれは、みんなおどされたり迫害《はくがい》されたりしたことがあるのを忘《わす》れたのか？だめだ、イクバルの希望を聞くわけにはいかない」

イクバルはいすから立ちあがった。実際《じっさい》には、たいして背《せ》は高くなかったけれど、このときのイクバルはとても大きく、頭が天井《てんじょう》にふれそうなくらいに見えた。イクバルはいつものあの笑顔を見せた。

「ぼくは怖《こわ》くないよ」と言う。「ぼくは、だれのことも怖《こわ》がったりしない」

みんなはその言葉を信じた。

イーサン・カーンはイクバルを家族のもとにつれていき、十日後にまた引きとりに行った。もどってきた日、イクバルは、ずっと部屋に閉《と》じこもっていたけれど、夜になるとでてきて、こう言った。

「最初、母さんは泣いていたし、父さんは怖《こわ》がってふるえていた。でも、今はぼくの選択《せんたく》を理解《りかい》して、みとめてくれているよ。ぼくはできるだけ、父さんたちに会いに行くって約束したんだ。それにね、ファティマ、ぼくは勉強したいんだ、なにもかも覚えて、有名な弁護士《べんごし》になる。パキスタンじゅうの子どもたちを自由にするんだ」

「すごい、イクバル！」マリアがさけんだ。

「すごいね」あたしも言った。けれど、あたしの声はふるえていた。

イクバルはほんとうに勉強をした。解放《かいほう》戦線の会合にはすべて参加して、おとなたちの真ん中にすわっていた。注意深く耳をすませ、なんでも理解《りかい》しようと、ひたいにシワをよせていた。あたしも何度か行ってみたけれど、むずかしい言葉が多かったし、話もこみ入っていて、よくわからなかった。

イクバルは本も読んだ。夜もおそくまでロウソクを灯《とも》しては、一語一語、言葉をたどっていた。カメラの使い方も覚えたし、それに、話せるときにはいつも、イーサン・カーンと話をしていた。何時間も、何時間も話していた。

まえにも言ったけれど、この二人はそっくりだった。

ほかのなかまたちは、ひとり、またひとりと、家に帰っていった。モハマドはふるさとの山にもどっていった。さみしさをかくすように、やっとつぶやいた別れの言葉も、「さようならあ」と、やっぱり、まのびしていた。

サルマンも行ってしまった。最後に、あたしを、ぎこちなくギュッとだきしめ、そのまま、イクバルのほうを見て言った。

「兄弟、おれたちがフセインにしてやったことは、おれも気に入ったから、おまえの手伝いを喜んでしたいとこなんだが、うちのじいさんにはおれの助けがいるんだ」

あたしたちをいつも笑わせてくれたガリも、行ってしまった。別れの涙《なみだ》をこらえきれなかったちっちゃなアリも、行ってしまった。ほかのみんなも行ってしまった。

あたしたち以外に、ピンク色の壁《かべ》の古い家に残っているのはカリムだけだった。

ちょっとした仕事をさせてもらっていて、彼にはおもしろくないことだったけれど、イクバルの命令にもしたがわなければならなかった。

それから、一か月もたたないうちに、イクバルはラホールの北のはずれの地下にかくされていた、非合法《ひごうほう》のじゅうたん工房《こうぼう》に潜入《せんにゅう》した。そこには、皮膚病《ひふびょう》や傷《きず》にまみれ、あばら骨《ぼね》が皮膚《ひふ》から飛びだしそうなほどやせた、三十二人の子どもたちがいた。イクバルはその子たちに話をし、傷《きず》あとのついた自分の手を見せてつくり話ではないことをわからせ、鎖《くさり》や織機《おりき》や地上から染《し》み落ちてくる水たまりの写真をとった。三日後、解放《かいほう》戦線の人たちが警察《けいさつ》と判事《はんじ》をともなって突入《とつにゅう》した。主人は逮捕《たいほ》され、子どもたちは解放《かいほう》された。

マリアとあたしは、その夜も次の日もずっと、イーサン・カーンのおくさんやほかの女の人たちを手伝って、お湯を入れた大なべを運んだり、新しく来た子たちの部屋を整えたりした。

あの子たちといったら、なんて汚《きたな》かったことか。あたしたちも、きっとあんなふうにひどかったのだということが、このとき初めてわかった。

それからの数か月、イクバルは子どもを酷使《こくし》していた十一の工場を閉鎖《へいさ》に追いこむのを手伝い、二百人近い子どもたちを解放《かいほう》した。解放《かいほう》戦線の本部は孤児院《こじいん》のようだった。どの子もみんな同じような話をした。荒《あ》れ地《ち》の真ん中の忘《わす》れ去られたような村……。だいなしになった収穫《しゅうかく》……。高利貸《こうりが》しからの借金……。奴隷《どれい》のような人生……。

「やっつけなきゃいけないのは、高利貸《こうりが》したちだ。みんな、あいつらのせいなんだ」

イクバルは、そのころには、おとなたちの集会でもどうどうと話をしたり、自分の意見を述《の》べるようになり、ほかの人たちはそれに聞き入っていた。

「あいつらを刑務所《けいむしょ》に入れなければいけないんだ。ひとり残らず！」

イクバルは疲《つか》れを知らず、ひとつの任務《にんむ》がおわると、すぐに別の仕事にとりかかった。

あるとき、夜になってもイクバルがもどってこないことがあった。みんなでなにかあったんじゃないかと心配していると、翌朝《よくあさ》になって、やっと帰ってきた。片《かた》ほうの目にはあざができ、ほおには傷《きず》があった。

「また、別のところを見つけたんだよ」と話した。「でも、つかまって、カメラをこわされちゃったんだ。何日かたったら、もう一度行ってみるよ」

イーサン・カーンはイクバルのことをほこりに思い、ほんとうの息子《むすこ》のように扱《あつか》っていた。白状《はくじょう》すると、あたしはときどき、ちょっぴりイクバルがうらやましいと思った。あたしもマリアも、ほんとうのむすめのように扱《あつか》ってもらっていたし、なに不自由なかったのに、なぜだかわからない。たぶん、イクバルとあたしは、別々の道を歩きはじめていて、そのうち、離《はな》れなければならないときがくることに気がついてしまったから。それに、いずれは、あたしの家族が見つかるだろう、という思いもなくならなかった。そしたら、どうすればいいだろう？　また問題がもちあがるにちがいなかった。

「気をつけなければならないよ」イーサン・カーンは言った。「あいつらは、そうかんたんに引きさがりはしないんだ。子どもたちを解放《かいほう》すればするほど、酷使《こくし》する者たちを告発すればするほど、われわれをだまらせようとするだろう。われわれの声が怖《こわ》いからだ。あいつらは、だれもなにも知らず、なにも言わないところで、つまり、『無知』と『沈黙《ちんもく》』のなかで私腹《しふく》を肥《こ》やしているんだ」

ある夜、あたしは、イーサン・カーンがおくさんに小声で打ち明けているのを、ぐうぜん聞いてしまった。

「イクバルのことが心配なんだ。今や、あの子は知られている。われわれがあの子のおかげで不意打ちができることを、みんな知っている。あの子は夢中《むちゅう》になりすぎてるよ。わかるだろう。あの子には、まわりのものが見えていない。わたしたちが、もっと注意してやらなければ……」

そのころからいつも、解放《かいほう》戦線の男の人が二人ほど、一階の大広間で夜警《やけい》をするようになっていた。ある夜、ヘンな物音がして、あたしたちは目をさました。銃声《じゅうせい》につづいてさけび声が聞こえてきた。それから逃《に》げていく足音。あたしたちがなにが起こったのか聞くと、「なんでもないよ」と言われた。でも、それはウソだ。家のなかは、ピリピリした空気につつまれていた。通りでは、だれかがおどすように拳《こぶし》をふりあげ、あたしたちに向かって、大声で汚《きたな》い言葉をさけんでいた。

解放《かいほう》戦線本部のまえの歩道には、目つきのよくない男たちが、うろついていた。何時間もそこにいて、あたしたちが出入りするのを見ていた。

あたしたちに悪意をもつあいつらのことを考えるとき、あたしは、フセイン・カーンを思いだした。あいつらの、ほんとうの顔は想像《そうぞう》できなかったから。でも、あいつらのほうが、フセイン・カーンよりもずっと強く、もっとあくどいということはわかっていた。


それから、市場で、ちょっとした事件《じけん》があった。ラホールのような大きくて近代的な街でも、生活や活動の真の中心は、今でも市場にある。だれもが、一日に少なくとも一度は、買い物のためや、友だちに会っておしゃべりしたり、人をながめたりするために、市場を通るのだ。解放《かいほう》戦線の人たちは、定期的に市場へ行って、ちいさな舞台《ぶたい》をしつらえ、「児童不当労働反対」と書いた長い横断幕《おうだんまく》を張《は》って、プラカードをかかげたり、ビラをまいたりしていた。イクバルが初めて見たときと同じように。そして、メガフォンという、遠くにいる人にも聞こえるようにするラッパのようなものを使って、短い集会を行っていた。

いつもちいさな人だかりができた。お金持ちの商人たちは、演説《えんぜつ》をしている人をあざ笑い、大声で悪口を言ったり、からかったり、ばかにしたり、あげくのはてには、ものを投げたりした。大部分の人は、関心がないふりをしていた。そのなかに、ほんのすこしだけ、なにも言わずに、ただうなずいている人たちがいた。たいていは農民か日雇《ひやと》い労働者か、どちらにしても、そんなふうに子どもを失うのがどういうことか、経験《けいけん》して知っている人たちだった。これはみんな、イクバルが話してくれたことだ。あたしやマリアは、危険《きけん》すぎるからと、集会に参加することをみとめてもらえなかった。

その日は、イクバルも、くだものの木箱を裏返《うらがえ》した台の上に立った。ぐらぐらする台の上で、あの声を拡大《かくだい》するとても重いラッパを、かろうじてささえていた。怖《おそ》れやとまどう気持ちをふり払《はら》い、さけび声やひやかしの口笛や騒々《そうぞう》しさにも負けず、イクバルは自分の体験を語りはじめた。フセインのことも、鎖《くさり》のことも、織機《おりき》のことも、それから――あたしはいなかったから、あとで聞いたのだけれど――イクバルが会合のときに聞いた人物のことも、はっきり名前をあげて話をした。豪勢《ごうせい》な家に住み、旅行をして世界じゅうと取引をしている高利貸《こうりが》しや金持ち、有力者や陰《かげ》の実力者の名前を、おおぜいのまえでさけんだのだ。その名前こそ、あいつら、だったのだと思う。

イクバルはあいつらのことを、奴隷《どれい》商人とか搾取者《さくしゅしゃ》とかハゲタカとかよんでいた。

広場は大騒《おおさわ》ぎになった。数人が舞台《ぶたい》に襲《おそ》いかかろうとして、押《お》し合いやたたき合いが広がり、警官《けいかん》がしぶしぶなかに割《わ》って入った。

あいつらは、もちろん広場にはいない。露天《ろてん》の市場なんかには来ない。けれど、あいつらの友人がたくさんいたのは、あきらかだった。

次の朝、イーサン・カーンは新聞の束をかかえてもどってきた。街じゅうの日刊《にっかん》紙《し》と、それに遠いカラチの新聞にまで、きのうの集会のことがのっていた。そのうちの二つの新聞には、あのおかしなラッパを口に当てて、舞台《ぶたい》で演説《えんぜつ》をしているイクバルの写真もでていた。あたしたちは、みんなで映画《えいが》スターになろうとしているみたいだとからかったら、イクバルはトウガラシみたいに赤くなっていた。

ある新聞では、イクバルのことを「搾取者《さくしゅしゃ》を告発した勇気ある少年」と紹介《しょうかい》していた。ほかの新聞には「少年の純粋《じゅんすい》さにつけこんだ恥《は》ずべき手口」と書いてあった。あたしには、なんのことだか意味がよくわからなかった。

「ねえ、これはいいことなんでしょう？」イクバルはイーサン・カーンに聞いた。「だって、あいつらは『無知』と『沈黙《ちんもく》』によってますます強くなっていくって、いつも言ってたじゃない。これは沈黙《ちんもく》じゃないから、いいことなんでしょう？」

STOP! CHILD SERVITUDE

「そうだよ、イクバル。これはわれわれにとって、とても役立つことだ」

イーサン・カーンはそう言ったけれど、とても心配そうだった。

あたしはこのころのことをよく覚えている。イクバルはなんと成長したことか！　だしぬけにひげがはえてくるんじゃないかと思ったくらいだ。そしたら、どんなにおかしかったかしら！　もちろん、あたしだって成長していた。イクバルは幸せそうで、どんなことにも熱中し、新しいことをもとめていた。あたしたちは、新しい生活に、自由な生活に、なれていった。

あたしたちは、今では好きなときに外にでかけられた。でも、食事の時間や夜のあいだはちがう。イーサン・カーンのおくさんは、あたしたちにいつも目を配っていて、時間はきちんと守るようにと言われていた。

一度、硬貨《こうか》を二枚《まい》もらって、映画《えいが》を見に行ったこともある。それは、ほんとうにカリムの話のとおりだった。インドの映画《えいが》で、四時間もつづいた。あたしはずっと泣いていた。イクバルはきらいだったみたいで、二度と映画《えいが》を見たいとは言わなかった。

あたしたちは街でテレビも見つけた。あの遠くから――アメリカから――来るという奇妙《きみょう》な音楽も聞いた。二頭の水牛が角をつき合わせているような音がすることもあったけれど、そんなに悪くはなかった。

イクバルには将来《しょうらい》の計画がいっぱいあって、いつもあたしとマリアに話してくれていた。イクバルは、次々に起こる新しいことを、なにも怖《おそ》れてはいなかった。

あたしはといえば、ちょっぴり怖《こわ》かった。なにもかもが、あまりにもせっかちに起こっているように思えたから。いい夢《ゆめ》がおわってしまうのが怖《こわ》かったのかもしれない。

ある日の午後、おかしな服を着た外国の人が、解放《かいほう》戦線の本部にやってきた。アメリカのジャーナリストだと言っていた。イクバルとイーサン・カーンにインタビューをして、二時間ほど話をしていった。それから、また一人ほかの人が来た。

海外特派員《とくはいん》だと言っていた。

「海外でもわれわれの闘《たたか》いが知られるようになれば」イーサン・カーンが言った。

「手を貸《か》してくれるようになるし、危険《きけん》もずっとへるだろう」

二日後の夜、あたしたちは大きな音で目をさました。さけび声が聞こえ、二階の窓《まど》まで炎《ほのお》が立ちのぼるのが見えた。あたしたちは一階に降《お》りようとしたけれど、イーサン・カーンに止められた。

「ここにいるんだ!」

だれかが、解放《かいほう》戦線本部に、爆弾《ばくだん》を投げつけたのだ。男の人が一人ケガをした。病院にお見舞《みま》いに行くと、腕《うで》に包帯をまいていた。あいつらの警告《けいこく》だった。

第13章 命がけの闘《たたか》い

「暗闇《くらやみ》のなかを、二時間以上走ったんだ。月もでてなかったし、寒かった。トラックの荷台にいたから、雨よけの幌《ほろ》をだして、その下にもぐって身を守っていたんだ。ぼくたちみんな、毛布《もうふ》にくるまった生まれたての赤ちゃんみたいだったよ」

「へえ、見てみたかったな！」

「ぼくは吹《ふ》きだしそうになったけど、すぐにそんな場合じゃないってわかった。だれも笑わなかった。みんなとっても真剣《しんけん》で、緊張《きんちょう》してピリピリしていた。ファティマ、きみも聞いたよね。イーサン・カーンが『気をつけてくれ、たのむから気をつけてくれよ。今回は、いつもよりむずかしいぞ』って注意してたのを。たしかに、こんな出動はこれまでしたことがなかった。

あるところまでくると、アスファルトの道をはずれて、穴《あな》だらけのでこぼこ道に入っていったんだ。どこにいるのかわからなかった。まわりにはなにもないし、真っ暗でなんの音もしない。鼻が凍《こお》るほど風が冷たかった。

夜がやっと明けるころ、レンガ工場が見えてきた。木もなければ、草一本はえていない、石ころと泥《どろ》だらけの平地だった。汚《きたな》らしいレンガが積みあげてある。レンガを焼く窯《かま》の高くてずんぐりした煙突《えんとつ》が、黒く浮《う》かびあがって見えた。

もう働いていたんだよ、ファティマ。なぜって、朝の涼《すず》しいときのほうが、たくさんつくれるからなんだ。お日さまが高くなって、熱気がひどくなると、疲《つか》れて仕事がおそくなるし、骨《ほね》も折れる。ぼくらが着いたときだって、こっちを向くどころか、頭もあげないんだ。ファティマ、きみも見ればわかるよ。まだ暗い広っぱをじっと見ていると、あっちにもこっちにも人が影《かげ》のように散らばっていた。家族ごとに穴《あな》があるんだ。穴《あな》のなかでは、男の子たちが働いていて、土を掘《ほ》って水とこね合わせ、おまんじゅうのようなものをつくっていた。土を掘《ほ》るのには、ちいさなスキのようなものを使うんだ。地面はかたいからね。女の子たちは、一キロほども離《はな》れた井戸《いど》に、土をこねるための水をくみに行かなきゃならない。二十リットルのポリタンクをもって、行ったり来たりしてた。穴《あな》のなかの男の子たちは、こねたものを母親に投げて、母親はそれをほんとうのパンみたいにまたこねなおして父親に投げる。父親はそれを木の枠《わく》に押《お》しこんで、いらないところをけずってのけてから、地面にひっくりかえし、日に干《ほ》すんだ。広っぱには、ヘビがとぐろをまいたみたいな、レンガの長い列ができていて、それが、どんどんのびていくんだ」

「じゃあ、レンガ工場では、家族がみんな働いてるの？」

「しかたがないんだ。あそこでは、お金はほんのわずかしかもらえないから。一日分の一〇〇ルピーをもらうためには、レンガを一二〇〇個《こ》もつくらなければならないんだ」

「一〇〇ルピーなんて！　たくさんもらってるじゃない」

「ぼくもそう思ったよ。でも、ちがうんだ。ぼくたちはトラックから降《お》りると、ある家族のそばに行った。イーサン・カーンが、お父さんらしい人に、ぼくたちが何者で、なにをしにきたかを話した。けれど、その人は頭をあげなかった。地面にしゃがみこんだまま、三十秒ごとに一個《こ》ずつ、レンガを地面にひっくりかえしていた。からだも服も泥《どろ》だらけだった。のびきったひげや髪《かみ》の毛にまで、泥《どろ》がべっとりついていた。イーサン・カーンは、いっしょうけんめい説明して、わかってもらおうとしていた。その人はあいかわらず頭もあげず、手を止めもせず、つぶやいたんだ。

『兄弟、たのむから。あっちへ行ってくれ』って。

ファティマ、誓《ちか》って言うけど、ぼくは涙《なみだ》がでそうだった。子どもが人間扱《あつか》いされずに、ひどい状態《じょうたい》で働かされてるのを見たら、ひどいと思うだろ。ぼくたちには、そのつらさがわかってる。でも、あれはもっと悪い。だって、男の人なんだ。おとななんだよ。父親なのに。なのに……ぼくにはわからない……」

「その人はどう思ってるの？」

「もう人間じゃないみたいだった。なにも思わず、なにも感じてない。その人も、ほかの人たちも、あたりが明るくなっていくなかで、レンガの列にしたがって、地面に這《は》いつくばっていた。ぼくは、サルマンのことを思いだしていた。サルマンは、レンガ工場で働いていたことがあるのに、その話をしようとしなかった、今なら、なぜだかわかるよ」

「かわいそうなサルマン！　あの手を覚えてる？」

「うん、覚えてるよ。だから、ぼくは穴《あな》に近づいていって、子どもたちに話しかけたんだ。その子たちも、最初は答えようとしなかった。でも、やがて一番大きな、ぼくくらいの年の子が話しはじめたんだ。話しているあいだも、スキで土を掘《ほ》りかえし、水をそそいでこねつづけながらね。頭から足まで泥《どろ》だらけだった」

「なんて言ったの？」

「その子の家族は六人で、運のいい日には一五〇〇個《こ》もレンガをつくることができるんだ。土がかたすぎなくて、井戸《いど》の水が足りていればね。それに、きびしい日ざしでひび割《わ》れてしまうレンガが少なければね。なぜって、割《わ》れてしまったレンガは、数には入れられないからなんだ。日によっては一二〇ルピーかせげる日もあるけど、それでも足りないいんだって」

「どうして？」

「その子たちがくらしている小屋の家賃《やちん》を、ご主人に払《はら》わなきゃならないからなんだ。その子は、レンガ工場のわきの背《せ》が低くてちっぽけな建物を指さして、話してくれた。

それぞれの家族に、六畳《じょう》たらずの部屋がひとつあてがわれてるんだ。煮炊《にた》きのためのかまどと、簡易《かんい》ベッドがついてて、窓《まど》もあるけどガラスは入っていない。家賃《やちん》のほかにも、使った分の石炭代や、食料の代金も払《はら》わなきゃならない。どれもご主人からしか買えなくて、すごく高いんだ。パンをつくるための小麦粉やレンズマメやタマネギ、それから油をひとビン買ったら、一日分の働きなんて、なにもなくなってしまう。だから、みんなすごく大きな借金があるのに、それを一ルピーもへらせないんだ。

『今におれは、おれの父さんから借金を相続して、おれの子どもたちはおれからそれを相続することになるだろうよ』その子は言ってた。それから、両手を濁《にご》った水につけて、言ったんだ。

『もう行けよ。もうすぐ、ムンシ（監督《かんとく》）が来るんだ。だれか来てるときげんが悪くなるからな』」

「それで、イクバル、あんたはなんて言ったの？」

「なんて言ったらいいか、わからなかった。ぼく、その子やその子の兄弟の足を見たんだ。一番ちいさな子は五歳《さい》くらいだと思う。あんな足は見たことがなかった。すぐに顔をそらしたけど、その子はぼくが見ていたことに気がついて、笑いだした。『見てみな！』って言うんだ。足の裏《うら》には、指二本分くらいのあつさの、黒くひび割《わ》れたタコのようなものができていた。どうしたのか、教えてくれたよ。

『窯《かま》の火をおこすにはな、石炭かごをもって窯《かま》の上によじ登り、真ん中にあいた穴《あな》から、どさっとくべるんだ。すると、窯《かま》はまるでドラゴンさ。ひっきりなしに石炭を食べつづけ、ゴーゴー音を立てて、炎《ほのお》を吹《ふ》きだすのさ』

『やけどしないの？』

『ばか、するに決まってるだろ！』その子は答えた。それ以上、ぼくはなんて言えばいいかわからなかった」

あたしは、こんなにがっかりした顔のイクバルを見たことがなかった。この日は、調査《ちょうさ》に行った人たちも、全員暗い顔をして、力なくもどってきた。いつもまえ向きで、あたしたちを笑わせてくれるイーサン・カーンまで、元気がなかった。

「それから、どうなったの？」

あたしは聞いてみた。けれど、ほんとうはもう知っていた。みんなが帰ってくると、すぐにその話は広まったから。でも、イクバルには、自分の口からだれかに、その話をする必要があると思った。

「ムンシが大きな車に乗ってやってきて、働いている人たちと話しているぼくらを見ると、カンカンになって、でていけってどなりだしたんだ。イーサン・カーンがぼくたちが何者かを説明して、この人たちは自由だし、労働者だから、ぼくたちは話をする権利《けんり》があるって言ったんだ。でも、ムンシはもっと大声でどなった。きみも知ってるけど、そんなのいつものことだったから、ぼくたちは心配はしてなかった。ムンシはあたりを見まわしていた。気がヘンになってるみたいだった。ぼくたちを死ぬほどきらっていて、憎《にく》らしさでいっぱいになってたんだ。それから、緑色にぬった、トタン屋根の事務所《じむしょ》のほうに走っていった。電線が見えてたから、そこだけ電気が通ってるってわかった。ぼくたちは、友だちかだれか、もしかすると警察《けいさつ》にでも電話をかけてるんだろうと思っていた。

『全員しっかりかたまっていよう』イーサン・カーンが言った。『力を合わせていれば、手だしはできないさ』

ムンシが小屋からでてきた。手になにか黒いものをにぎっている。その腕《うで》をまえにのばした。ファティマ、ピストルをもってたんだ。そして、ぼくらに向かって、弾《たま》を撃《う》った。ぼくらは泥《どろ》にすべりながら、逃《に》げ道をさがした。そのあいだじゅう、銃声《じゅうせい》が聞こえていた。あいつは、ぼくらにひどい言葉を浴びせながら、撃《う》ちつづけていた。永遠《えいえん》にやめないんじゃないかと思ったよ。ファティマ、あいつはぼくらを殺す気で撃《う》ってたんだ。だれもケガをしなかったのは奇跡《きせき》だ。ぼくたちはまたトラックに乗りこんで、逃《に》げだした。こんな目にあったのは、初めてだよ」

夜だった。大きな家には明かりが灯《とも》り、あたしたちは夕食によばれるのを待っていた。窓《まど》からは、いつものように、通りの騒音《そうおん》がおかまいなしに入ってきていた。

「イクバル、こんなことくらいで、なにも変わらないわ」あたしは言った。

「わかってる。とにかく、つづけるしかないんだ」

けれど、なにかほかに言いたいことがあるみたいだった。イクバルは、声を低めてささやいた。下の道をトラックが通りすぎ、その声はほとんど聞こえなかった。

「ファティマ、ぼくは怖《こわ》かったんだ。でも、お願い、お願いだよ。だれにも言わないで」

あたしは、イクバルのほうにさっと手をのばし、肩《かた》をなでようとした。けれど、すぐに引っこめてしまった。ほんとうにふれるのは恥《は》ずかしかったし、そんなことはすべきではなかったから。

「晩《ばん》ごはん！　晩《ばん》ごはんですよ！」イーサン・カーンのおくさんが大声でよんでいた。

「心配しないで」あたしはささやいた。「あたしとあんただけしか知らないから」

それからわずか数週間でイクバルは旅立った。そして、あたしも。

あのとき、そっとやさしく、肩《かた》をなでてあげればよかった。

第14章
それぞれの旅立ち

イーサン・カーンが、あたしとイクバルを自分の執務室《しつむしつ》によんだ。こんなことは、今までなかった。

十一月のある日のことで、うっとうしい小雨《こさめ》がひっきりなしに降《ふ》っていた。イーサン・カーンはいつだって気さくな人だったけれど、執務室《しつむしつ》にこもったときには、じゃまをしてはいけなかった。これは、決まりだった。

この部屋に入ったのは初めてだ。家のなかは、どこもものや色がごちゃごちゃにあふれていたけれど、このちいさな部屋だけは、白く漆喰《しっくい》がぬられ、飾《かざ》り気《け》もなく、すっきり整頓《せいとん》されていた。電話ののったつくえの上には、書類がきちんと積みあげられ、あまり心地よさそうでないいすがあった。お茶をいれる道具がおいてあって、きついタバコのにおいがした。イーサン・カーンは目をキラキラさせながら、落ちつかないようすで、部屋のなかを行ったり来たりしている。両手で、色とりどりの図柄《ずがら》の入った球をかかえていた。

あたしたちは地球儀《ちきゅうぎ》とかいうその球を見たことがあった。「うわっ！　地理の授《じゅ》業《ぎょう》をするんだわ！」と思った。

でも、授業《じゅぎょう》をするには、ふさわしくない場所だった。

イーサン・カーンは地球儀《ちきゅうぎ》を回して、黄色くぬられた大きな陸地を指さした。

「ここがアメリカ合衆国《がっしゅうこく》だ」と説明する。「大きくて、重要な国だよ」

「知ってるよ」イクバルが授業《じゅぎょう》をかわそうとして言った。「あそこでは歌をつくってるんだ」

「ハリウッドがあるところでしょ」あたしも助け船をだした。「それに映画《えいが》スターがいるところ」

イーサン・カーンは、大きな海のはしっこにそったちいさな黒い点を指さした。

「この街はボストンと言うんだ」あたしたちに話のじゃまをされても、かまわずつづけた。

「ここでは、毎年《行動する青年賞》という賞が発表されている。世界じゅうのどこの国にいても、とくに役に立つことを行った青少年に贈《おく》られる賞だ。この賞はリーボック社からあたえられる」

「それ、知ってる」イクバルはしつこく大声をあげた。「くつをつくる会社でしょ」

彼は何か月もまえから、リーボックのくつがほしいと思っていたけれど、値段《ねだん》が高すぎたのだ。

「その賞は一五〇〇〇ドルの賞金がもらえるんだ」

「何ルピーになるの？」あたしは聞いた。

「ものすごくたくさんだ。われわれが想像《そうぞう》できるよりもっとね。今年、この賞はイクバルに贈《おく》られることになったんだ」

あたしたちは長いことだまっていた。

「ぼくに？」イクバルはうろたえながらつぶやいた。

「そうだ。それがどういう意味かわかるかい？　今やきみの名は世界じゅうに知れわたり、世界じゅうのみんながパキスタンで起こっていることや、われわれの児童労働廃止《はいし》の闘《たたか》いについて知っているということだ。つまり、これからは、あいつらもわれわれに手だしをするまえには、注意しなきゃならんってことだな。イクバル、ひとつの勝利だよ。そして、きみの手柄《てがら》だ。わたしときみはボストンに行って、賞を受けとるんだ。そのまえに……」イーサン・カーンは、また地球儀《ちきゅうぎ》を回した。

「ここによることになる」

あたしたちに犬の形をした地方を指さした。

「これはスウェーデンだ」

「スウェーデンって？」

「とても寒いところにある国だ。ヨーロッパにある。ここで、労働問題についての国際会議《こくさい》があるんだ。世界じゅうから人が集まってくる。みんながきみの話を聞きたがってるんだ」

「ぼくの？」イクバルが聞いた。

あたしたちは信じられなくて、口をポカンとあけていた。夢《ゆめ》みたい。親たちが子どもを寝《ね》かしつけるためにするおとぎ話のようだった。その「世界」という遠くてよくわからない場所で、だれかがあたしたちの存在《そんざい》や苦しみを知っているなんて、信じられなかった。

あたしたちは何者でもなく、一年まえまで、足に鎖《くさり》をつけて働くみすぼらしい子どもだったのに。世界から集まる人たちが、こぞってイクバルの話を聞きたいなんて！

「まだあるぞ」イーサン・カーンはつけくわえた。

「ボストンの近くにある大学が、きみに奨学金《しょうがくきん》をだしてくれたんだ。つまり、きみは勉強して大学を卒業できるということだ。弁護士《べんごし》になりたかったんだろう？」

イクバルはとまどいながらも、うなずいた。一度にたくさんのニュースがありすぎた。イクバルは、あたしとイーサン・カーンを交互《こうご》に見つめていた。

「ということは……」考えながら言った。「旅にでるんだね……」

「一か月ほど、ここを離《はな》れることになる」イーサン・カーンが言った。「きっと、西洋への旅行は気に入るはずだ。新しいことをたくさん知ることになるし、帰ってきたら、家族のもとですごすこともできる。もう、ずいぶん会ってないだろ。それから勉強をして、大学に通う年になれば……うれしいことじゃないか」

「うれしいよ」と、イクバル。「でも、ぼくは、ファティマやマリアといっしょに、ここに残りたい……。ぼくは、奴隷《どれい》のように働かされている子どもたちを、もっと解放《かいほう》してあげたいんだ……」

「旅にでても、われわれの手助けはつづけることになるんだよ……」イーサン・カーンが安心させた。「わかるかい、きみはわれわれにとってあまりにも大切な存《そん》在《ざい》だ。だけど、きみが優秀《ゆうしゅう》な弁護士《べんごし》になったなら、もっと役に立てるんだ。それに、ファティマにも大ニュースがあるぞ。とうとう、きみの村が、家族が見つかったよ。家に帰れるんだよ」

心臓《しんぞう》が口から飛びだしそうだった。あたしの家！　どんなだったか、ほとんど覚えていないのに！　母さんは？　兄ちゃんや弟は？

ふいに、あたしは泣きそうになった。バカみたい！　こんなにいいニュースばかりなのに、泣くなんて。けれど、あたしの人生の大切な部分がおわろうとしているのを感じていた。あたしは自由で家に帰る。イクバルはあれだけのことをしてきたのだから、賞を受けて当然なのだ。なにもかもうまくいっている。フセインにひどい目にあわされていたころには、こんなことが起こるなんて、だれが予想できただろう？

あたしは泣いた。幸せだったからに決まっている。

それからの二週間はどんなに早かったことか！　そのときの想《おも》い出《で》は、ぼんやりした夢《ゆめ》のように切れぎれで、こんがらがっている。ピンク色にぬられた大きな家は活気にあふれ、ざわめいていた。みんなが、あっちへこっちへと走りまわり、旅の準備《じゅんび》にとりかかっていた。パキスタンや外国のジャーナリストは、賞のことを知りたがった。中庭は人があふれて、野営地《やえいち》のようになっていた。希望に満ちていたにもかかわらず、毎晩夕暮《まいばんゆうぐ》れになると、さみしくてたまらなくなった。

あと何日？　九日。イーサン・カーンは、マイク三つに向かって話していた。見知らぬ人が、うろうろしながらみんなの写真をとっていた。あのとき、あたしも一枚《まい》もらっておけば、今ここにもっていられたのに。二ひきの犬は、騒《さわ》ぎにすっかりおびえて、しっぽを脚《あし》のあいだにはさんでいた。女の人たちは口にマチ針《ばり》をいっぱいくわえて、イクバルが授賞式《じゅしょうしき》で着る西洋の服を縫《ぬ》っていた。あっちの国は寒いから、あつみのあるきれいな青い生地《きじ》の上着とズボンとベストだ。

ズボンを試してみるとき、イクバルはパンツ一枚《まい》で恥《は》ずかしそうに言った。

「なに見てるんだ？」

あたしはぺろっと舌《した》をだした。

イクバルは空き部屋の真ん中に一人で立って、スウェーデンとボストンで話す演《えん》説《ぜつ》をくりかえしていたけれど、言葉を六つ言うたびにつっかえて、あたしに言った。

「ねえファティマ、助けてよ！」

あたしは、原稿《げんこう》をとりだし、ゆっくりゆっくり読んで、イクバルに教えた。


「パキスタンでは毎日、七〇〇〇万人の子どもたちが、夜明けまえの暗いうちから起きだして、夜まで働いています。じゅうたんを織《お》ったり、レンガを焼いたり、スキで畑を耕《たがや》したり、鉱山《こうざん》の地下道に降《お》りたりしています。遊んだり、走りまわったり、さけんだりはしません。笑うこともありません。その子たちは、奴隷《どれい》のように、足を鎖《くさり》でつながれています……。

この世界に幼年《ようねん》時代をうばわれ、なぐられたり汚《けが》されたりする子どもが一人でもいるかぎり、だれも自分とは関係ないとは言えません。そんなことはないのです。あなたがたにも関係のあることです。希望がないというのもちがいます。ぼくを見てください。ぼくは希望をもちました。みなさん、勇気をだしてください……」


あと何日？　六日。

激《はげ》しいにわか雨が降《ふ》って、通りには水が流れていた。めずらしくおだやかで、いつにない静けさにつつまれた午後だった。

イーサン・カーンのおくさんが、あたしを腕《うで》にだきしめた。

「かわいそうなファティマ」

おくさんは、あたしに話をしてくれた。あたしの母さんはもういなくなっていた。今は家長となった兄ちゃんのアフマドが、あたしに会いたがっている。兄ちゃんは、だれもが仕事と尊厳《そんげん》――おくさんはそう言った――をもてるよその国で幸運をつかもうと、どこだか知らない遠くに行くつもりで、あたしや弟のハサンもつれていこうとしているという。

そのとき、あたしはこっそり、イーサン・カーンとおくさんの寝室《しんしつ》に入って、古いタンスをあけた。そこには、家のなかでただひとつの鏡があって、全身を見ることができる。自分をまじまじとながめたのは、たぶん、生まれて初めてだった。あたしはやせて、髪《かみ》はくしゃくしゃだったけれど、大きくなっていた。たしかにあたしは大きくなった。着ている服が短くなって、ひざがでそうになっていたから。たぶん、プルダ（ベール）を身につけるときが来たのだろう。イーサン・カーンのおくさんにそう言おう。

あたしが家族のもとに行くのは、イクバルが旅立ったあとということになった。連絡《れんらく》を絶《た》やさないようにしてもらい、もし、ほんとうに外国に行かなければならなくなったら、そのまえにもどってきて、みんなにあいさつすることにした。

イクバルとすごした最後の晩《ばん》、しめし合わせたわけでもないのに、二人ともベッドから起きあがり、大部屋で会って長いこと話をしていた。あの、フセインの工房《こうぼう》でしていたみたいに。

あたしたちはたくさん話をしたけれど、どんなことかは聞かないでほしい。

その翌日《よくじつ》の夜明け、あたしは、イクバルとイーサン・カーンを見送りに空港までつれていってもらった。イクバルとあたしはうしろの座席《ざせき》にすわった。風の強い日だった。空港のテラスからは、二人が飛行機に乗りこむところが見えた。手をふって、遠くからお別れをした。

飛行機は離陸《りりく》すると――エンジンのすごい音がして――高く高くあがっていった。

イクバルは一番大きな凧《たこ》に乗ったのだ。

あたしは心臓《しんぞう》が高鳴り、魂《たましい》とからだがしめつけられるようなヘンな感じがした。

飛行機は空のかなたに消えていった。

「アメリカはどんなところかしら」と思った。

そのときには、もう二度と会えないなんて、知るわけもなかった。

あたしは家に帰してもらった。長い旅では、ガタガタゆれるトヨタのミニバンのことを覚えている。窓《まど》の外は、ときどき緑色や灰色《はいいろ》になって、水を張《は》った田んぼの風景がすぎていく。人や家畜《かちく》があちこちに散らばり、みんな頭をたれて仕事をしていた。舗装《ほそう》もされていない、泥《どろ》だらけの道も覚えている。

みすぼらしい集落を見るたびに、「これがあたしの村かしら?」と思っていた。あたしは自分の記憶《きおく》に自信がなく、とまどっていた。

イーサン・カーンがあたしのことをたのんだ男の人は、気さくないい人だった。まるであたしの思いをわかっているみたいに、ひっきりなしにしゃべって、気をまぎらわせてくれた。あたしは家族のもとに帰りたいのに、同時に、気が進まない思いもあった。

家に着いた。兄ちゃんのアフマドはおとなになっていた。弟のハサンはあたしより背《せ》が高い。小屋のなかでは、すこしずつ、ずっとむかしになじんでいたものを、思いだしていった。頭に水さしをのせてバランスをとりながら、何度も通ったことがあった井戸《いど》に行く道は、直感で見つけることができた。水牛たちさえ、ちょっと年をとって毛がはげているだけで、変わりがないように思えた。

かつて、きっと母さんがやっていたように、あたしは料理をしたり、そうじをしたり、畑仕事を手伝ったりした。その後の、幸運をもとめるはてしない旅のことは、よくわかっていなかったし、興味《きょうみ》もなかった。

田畑ですごす一日は、それまでより長く感じられた。

マリアから手紙が来た。あたしはアシの原っぱにかけていって、それを読んだ。

「こちらは、みんな元気です」と、書いてあった。イーサン・カーンからは、スウェーデンから一回、アメリカから二回、電話がかかってきたそうだ。イクバルとも話をしたところ、元気だったという。イクバルはストックホルムという街で演説《えんぜつ》をして、つっかえることもなく、最後には、世界じゅうからやってきたりっぱな服を着た人たちが、立ちあがって拍手《はくしゅ》をしたそうだ。

それに、アメリカでも、ボストンで盛大《せいだい》なパーティがひらかれ、みんなが彼と知り合いになりたがり、賞が授《さず》けられたときには泣いている人もいたらしい。でも、イクバルは新しいくつで足が痛《いた》くてなげいていたようだ。あたしにくれぐれもよろしくと言っていたという。もうすぐみんな帰ってきて、イクバルはしばらくのあいだ、家族のもとに行くことになる。イクバルの家族はキリスト教徒で、復活祭《ふっかつさい》（イエス・キリストの復活《ふっかつ》を祝うお祭り。イースター）というお祭りが近づいているからだった。「お姉ちゃんも元気でいますように、村はどうですか？」と書いてあった。そして、「また書きます」と。

一番最後にサインがあった。「心をこめて、マリアより」

封筒《ふうとう》のなかには、アメリカの新聞から切りぬいた記事も入っていた。もちろん、あたしには読めないけれど、文章には何度もイクバルの名前がでてきていたし、写真ものっていた。あたしは長いことその写真をながめていた。イクバルの顔は、暗くてぼやけていた。

それから、またいく日もすぎた。あたしは壁《かべ》のすみっこにチョークで印をつけて、日数を数えていた。二週間がすぎ、一か月がすぎても、十日に一回、家々を回って郵便《ゆうびん》を配ったり集めたりする、足の不自由な男の人のすがたは見えなかった。

「早く出発しよう」兄ちゃんのアフマドが言った。

仕事がおわると、あたしは家のドアのまえにすわって、村につづく小道をながめていた。「あたしのことなんか、忘《わす》れちゃったんだわ」と、思った。

あたしは凧《たこ》のことを思いだし、イクバルが切り裂《さ》いたじゅうたんのわきにつっ立っていたことや、彼を助けるためにみんなで「お墓《はか》」まで這《は》っていったあの夜のこと、ラホールの映画館《えいがかん》に行った午後のことを思いだした。外国なんか、よくわからない遠い国になんか、行きたくないと思った。

あたしたちがヨーロッパに出発する二日まえのことだった。遠くから、郵便《ゆうびん》を配る人が、泥《どろ》だらけの畑地を足を引きずりながらよこぎるすがたが見えた。郵便《ゆうびん》カバンをななめがけにして、ぬかるみにずっぽり埋《う》まったつえにもたれていた。

その日は青白くくすんだ、どんよりした光がさしていた。地平線には低い雲がたれこめ、なにもかもが黒っぽく汚《よご》れて見えた。あたしは、半時間ほど、その人がゆっくりゆっくりまえに進むのを見ていた。予感がしたわけじゃない。ただ、いつのまにか、ひとりでに目から涙《なみだ》が流れ落ちていた。

第15章 マリアからの手紙

大好きな友だちでお姉ちゃんの、ファティマへ

ここ数日、どんなにあなたにそばにいてほしかったか、あなたの腕《うで》のなかで話したり、泣いたりできたならと思いました。何度そんなことがあったか、覚えていますか？　あなたはいつも、どうやってあたしをなぐさめ、守ればいいかわかっていて、ふさわしい言葉を知っていました。こんどだって、そうでしょうに！　二人でこの苦しみをわかち合えたら！　こんどは、わたしがふさわしい言葉を見つけられ

たなら!

そう、もうずいぶん手紙を書いていませんでした。わたしはあなたのことを忘《わす》れてしまい、あなたに対する愛情《あいじょう》も、朝の畑の霧《きり》みたいに消えてしまったと思っていたかもしれません。でも、そんなことはできないわ、信じて。あなたに知らせるのはわたしの役目です。今だって、手がふるえ——ほら、見て——涙《なみだ》で便せんがぬれてしまいました。臆病《おくびょう》なわたしを許《ゆる》してください。でも、あなたはほかの人から知ってはいけない、なにを言うやらわからないもの。

わたしがあなたに話します。

イクバルは、長い旅からもどってすぐ、ふたたび旅立ちました。ラホールから数十キロばかりの、そう遠くないふるさとの村へ行くということでした。家族に再会《さいかい》して、復活祭《ふっかつさい》を祝うためです。どうやら、一度死んでしまった神さまがよみがえったことを思いだす、キリスト教徒のお祭りのようです。少なくとも一か月は家族のもとにいるけれど、そのあとは、またもどってきて、ふたたび活動をはじめるはずでした。アメリカでたくさんの人たちのまえに立った責任があるから、それを果たすのだと言っていました。

イクバルがどんなだったか、わかるでしょ。

村では英雄《えいゆう》を迎《むか》えるみたいに、みんな大喜びでイクバルのところにかけつけたそうです。だれもがイクバルのしたことを知っていて、感嘆《かんたん》と尊敬《そんけい》のまなざしで見ていました。村じゅうの人が彼の家を訪《おとず》れて、あいさつをしたり、贈《おく》り物をもってきたり、ほんとうに飛行機に乗ったのかとたずねたりしました。

二日たつと、イクバルはもううんざりで、人に会わないよう、夜明けには父親といっしょに畑へでて、長いこと話をしていたそうです。それから、午後になると、ちいさないとこたち二人と、古い自転車に乗ってかけまわったり、凧《たこ》あげをして遊んでいました。

イクバルがどんなに凧《たこ》あげが好きだったか、覚えていますか？

幸せそうで、おだやかな顔をして、将来《しょうらい》の計画がいっぱいあったそうです。

その日曜日、復活祭《ふっかつさい》の日はいいお天気で、お日さまの光があふれるなか、イクバルはまず教会に行って、それから親戚《しんせき》の家を回り――なぜだか知りませんが――そこで卵《たまご》をもらったそうです。それから、歌や踊《おど》りに、お肉――すごい！――や、ありとあらゆる種類のお菓子《かし》のならんだお祝いの食事があって、イクバルはおなかが痛《いた》くなるほどたくさん食べたそうです。それから、おとながおしゃべりをしているうちに、子どもたちは遊びに行ってしまい、ときどき、名前をよび合ったり、ふざけ合ったりする声が、聞こえていたようです。

午後三時ごろのこと、――「いや、もっとおそかった、空を見ると太陽がしずみはじめていた」と言う人もいましたが――村の入口の道に、ほこりをまきあげながら一台の車があらわれたといいます。だれも知らない、泥《どろ》だらけの黒くて大きな車で、なかにはだれも乗っていないようなのに、巨大《きょだい》なタイヤで砂利《じゃり》をふみつぶしながらひとりでに走っていたそうです。ともかく、運転席にだれがすわっていたか、見た人はいなかったのです。

ある人たちによると、ちょうどこのとき、急に雨が降《ふ》りだして、コインくらいの大きな雨つぶが地面をたたき、雷《かみなり》がワラ屋根をふるわせたそうです。でも、別の人たちによると、雷雨《らいう》になったのは、もっとおそい時間で、夜になってからだといいます。

黒い車は村をゆっくりよこぎり、それから田んぼのほうへつづく小道にそれていきました。空から降《ふ》ってくる雨と水田の水の境目《さかいめ》が、にじんでまじり合っていたそうです。

その小道を、上り坂に負けじと自転車のペダルをふみながら、イクバルも上っていたのです。ずぶぬれの髪《かみ》の毛は目にかかり、アメリカで買ったTシャツは風にはためいていたといいます。

ファティマお姉ちゃん、なにが起こったかだれも知らないのです。でも、ある男の人には、イクバルと車がすれちがったとき、黒い窓《まど》ガラスがゆっくりゆっくり、音もなくさがって、火花が三回か四回か五回――ほんとうは何回だったのか、だれにもわからないけれど――ぱっと上がるのが、雨のカーテンのあいまから見えたといいます。急を知って、人びとが集まってきたときには、黒い車はいなくなってしまい、通ったあともありませんでした。泥《どろ》の上にはタイヤのすじすらついていなかったのです。イクバルの死体の下の水だけは赤黒く染《そ》まっていましたが、それも――雨に流されて――すぐに消えてしまったそうです。

これが、わたしたちが聞いた話です。

でもね、ファティマお姉ちゃん、わたしには、そんなはずはないとわかっています。

わたしは気がヘンになんかなっていません。何週間ものあいだ、わたしはむかしの自分にもどっていたのだと思います。あのしゃべれなかったわたしを覚えていますか？　わたしは閉《と》じこもっていました。何度も自分に言い聞かせていました。「そんなはずないわ。人はみんな、かってな想像《そうぞう》をして、どれがうわさか、ほんとうのことか、わからなくなってるだけ。混乱《こんらん》しているだけよ」って。みんなみんな、イーサン・カーンやおくさんまで、ほんとうのことだと納得《なっとく》していたのに、わたしはどうしても信じられなかった。

二週間まえのある午後のこと、庭に面したドアをたたく音がしました。だれかが——だれだったか覚えていないけれど——ドアをあけに行くと、戸口のところに、からだじゅう汚《よご》れて、足首に鎖《くさり》のあとがついた男の子がいました。その子はじゅうたん工房《こうぼう》で働いていたこと、そこから逃《に》げてきたこと、わたしたちがご主人を告発する手助けをしてくれると聞いたことを、話してくれました。

そして、その子はなんと言ったと思いますか？

「ぼくは怖《こわ》くない」って言ったのよ。

ファティマ、わたしはその子をじっと見つめました。その子はイクバルだったわ、ほんとうなんだから！

そっくりだったのよ！　イクバルとおんなじ目をして、声までおんなじでした。

三日後には、別の子が来ました。それから、市場ではある男の子が、もっとも裕《ゆう》

のです。

わたしはその子たちにも会いました。その子たちも、イクバルそっくりだった福《ふく》な商人に反乱《はんらん》を起こしました。

だから、わたしたちといっしょに生きつづけてくれます。わたしはイーサン・カーファティマ、悲しまないで。イクバルはわたしたちの人生を変えてくれました。

ンに言いました。

「わたしは勉強をして、大学に行く。弁護士《べんごし》になって、パキスタンと世界じゅうの奴隷《どれい》を解放《かいほう》するために闘《たたか》う」って。

わかる？　わたしまでもう怖《こわ》くないの。初めてのことです。

お姉ちゃん、あなたがどこへ行くのか、どうやって連絡《れんらく》をとったらいいのか、また会えるかどうかもわかりません。ひとつだけお願いです、なにも忘《わす》れないでください。ちっぽけな、とるに足らないこともです。

そして、わたしたちの物語をだれかに話してください。みんなに話してください。

記《き》憶《おく》をなくしてしまわないように。

イクバルにいつもそばにいてもらうには、そうするしかないのです。

愛をこめて。

あなたの妹、マリアより

エピローグ

イクバル・マシーは、一九九五年、復活祭《ふっかつさい》の日に、パキスタンのラホールから三十キロのちいさな村、ムリドゥケで殺されました。もうすぐ十三歳《さい》でした。殺害を実行した者も命じた者もわかっていません。

イーサン・カーンは、「彼はじゅうたんのマフィアに殺されたのだ」と公言しました。

イクバルの名前は、今、世界じゅうの何千万人という子どもたちを暴力《ぼうりょく》や奴隷扱《どれいあつか》いから解放《かいほう》する闘《たたか》いの象徴《しょうちょう》となっています。

訳者《やくしゃ》あとがき

この物語は、イタリアの児童文学作家、フランチェスコ・ダダモさんによって書かれました。ダダモさんは生前のイクバルを知りませんでしたが、新聞にのっていたちいさな記事と黒くかすんだ写真から、想像《そうぞう》をふくらませ、イクバルのすがたをかりて、この物語を書きました。物語のなかのイクバルは、ほんものよりかっこよすぎるかもしれないし、勇敢《ゆうかん》すぎるかもしれません。ダダモさんによれば、ヒーローというのは、いつだって、そんなふうに語りつがれるものだそうです。

ファティマもダダモさんが創作《そうさく》した人物です。実在《じつざい》はしませんが、イクバルのまわりにいた同じ境遇《きょうぐう》の子どもたちのなかには、きっとファティマのような女の子や、サルマンやマリアやちっちゃなアリのような友だちもいたにちがいありません。今の日本には、奴隷《どれい》のように、借金のかたに売られたり、むりやり働かされる子どもはいません。でも、世界じゅうにはもっと貧《まず》しい国がたくさんあります。ＩＬＯ（国際労働機関《こくさいろうどうきかん》）の報告《ほうこく》では、現在《げんざい》、世界でおよそ二億五千万人の子どもが働いていて、その半分の子どもたちが、労働によって教育の機会をうばわれているそうです。

ダダモさんの住むイタリアには、陸つづきの東ヨーロッパやアジアから、貧《まず》しい国の人たちが、たくさん国境《こっきょう》をこえて入ってきます。なかにはちいさな子どももいて、ファティマやその兄弟たちのように、とまどいながらもけんめいに生きています。ダダモさんはイクバルだけでなく、そんな子どもたちにも思いを馳《は》せて、このお話を書きました。こまかな部分はダダモさんの創造《そうぞう》ですが、子どもたちが働かされている現実《げんじつ》は、つくりごとではありません。ほんとうにあったこと、そして、今も起こっていることです。

ダダモさんは言います。この物語は、ただかわいそうなだけのお話ではなく、自由を獲得《かくとく》するにはどうすればいいのか、というお話だと。

この物語はこれで終わりではありません。日々、先へ先へとつづいています。あなたが読んでいるあいだにも、新たなイクバルが生まれているのです。

さて、みなさんにはなにができるでしょう？

二〇〇四年　晩秋《ばんしゅう》

荒瀬《あらせ》ゆみこ

新装版《しんそうばん》へのあとがき

イクバル・マシーが生きていたなら、どんな大人になっていたでしょう。同じパキスタン出身でノーベル平和賞を受賞したマララ・ユスフザイさんのように、きちんと学問を修《おさ》め、子どもの権利《けんり》を守るリーダーとなって、世界をかけまわっていたにちがいありません。

この作品が書かれてからもうすぐ十八年、作者フランチェスコ・ダダモさんの国、イタリアでも、新しい装丁《そうてい》の本や親しみやすい絵本版《えほんばん》が次々と出版《しゅっぱん》されています。また、フランスではこの作品をもとにアニメーション映画《えいが》も制作《せいさく》されました。イクバルの物語がこれだけ長いあいだ、さまざまな形でつづられ、語りつがれてきたのは、これがほんとうにあったお話で、同じようなことが、今も世界のいたるところで起こっているからでしょう。事実だからこそ、だれもがイクバルの行動力に目をみはり、むごい事件《じけん》に衝撃《しょうげき》を受けて、このお話を自分の胸《むね》だけにしまっておけない、だれかに伝えたいと動くのです。そんな人たちの輪に、みなさんも加わってみてください。きっと、世界が少しだけ変わって見えてくることでしょう。

ダダモさんは、この作品だけでなく、イタリアなどの先進国で不法に安い賃金《ちんぎん》で働かされる移民《いみん》の子や、貧《まず》しさから生まれた国を脱《ぬ》けだし、危険《きけん》な航海にでていくアフリカの少年など、つらく苦しい思いをしている子どもたちの物語を書いています。ダダモさんが訴《うった》えるのは、自分が不当な扱《あつか》いを受けたとき、すなおにしたがっていてはいけないということ。従順《じゅうじゅん》でいれば、しかられることはなく、ほめてもらえるかもしれません。ですが、時と場合によっては、イクバルのように自ら立ちあがり、闘《たたか》わなければ、今の状況《じょうきょう》を変えることはできないのです。それは、遠い国の話などではありません。みなさんだって、この先そんな場面に出くわすことがあるかもしれません。そんなときは、どうかこの作品を思い出してみてください。

荒瀬《あらせ》ゆみこ

二〇一八年　霜月《しもつき》

Francesco D'Adamo フランチェスコ・ダダモ
1949年、イタリアのミラノに生まれる。一般向けの小説の執筆、推理小説のアンソロジーの編纂などを手がけるいっぽうで、「見捨てられたような場所でくらし、事件を起こしでもしないかぎり、存在すら忘れられている子どもたち」をテーマとした児童、青少年向けの作品を書き高い評価を得ている。主な児童向けの作品として、IL MURO（De Agostini), Oh, Harriet!（Giunti Editore）などがある。

荒瀬ゆみこ（あらせ ゆみこ）
大阪外国語大学外国語学部イタリア語学科卒業、雑誌、書籍編集者を経て、現在イタリア文学翻訳家として活躍中。主な訳書にニコロ・アンマニーティ『ぼくは怖くない』、シルヴィア・アヴァッローネ『鋼の夏』、シルヴァーナ・デ・マーリ『ひとりぼっちのエルフ』（いずれも早川書房）、ジーノ・ストラダ『ちょうちょ地雷』（紀伊國屋書店）などがある。

丹地陽子（たんじ ようこ）
イラストレーター。書籍カバーイラストや雑誌カット等を中心に活躍中。主な作品に『びわ色のドッジボール』（文研じゅべにーる）、『クロストーク 上・下』（ハヤカワ文庫SF）など多数。作品集に『丹地陽子作品集』（パイインターナショナル）がある。
ホームページ：http://www.tanji.jp/

鈴木出版の児童文学　この地球を生きる子どもたち

イクバルの闘《たたか》い　—世界一勇気ある少年—　〈新装版〉

2004 年 12 月　8 日　初　版　第 1 刷発行
2019 年　1 月 25 日　新装版　第 1 刷発行
2021 年 12 月 24 日　　　　　第 2 刷発行

作　者／フランチェスコ・ダダモ
訳　者／荒瀬ゆみこ
発行者／西村保彦
発行所／鈴木出版株式会社
〒 101-0051
東京都千代田区神田神保町 2-3-1　岩波書店アネックスビル 5F
電話　代表　03-6272-8001
編集部直通　03-6272-8011
ファックス　03-6272-8016
振替　00110-0-34090
ホームページ　http://www.suzuki-syuppan.co.jp/
印　刷／株式会社ウイル・コーポレーション

2004/2019 Printed in Japan　ISBN978-4-7902-3348-0 C8397
乱丁・落丁は送料小社負担にてお取り替えいたします

この地球を生きる子どもたちのために

芽生えた草木が、どんな環境であれ、根を張り養分を吸収しながら生長するように、子どもたちは生きていくエネルギーに満ちています。現代の子どもたちを取り巻く環境は決して安穏たるものではありません。それでも彼らは、明日に向かって今まさにこの地球を生きていこうとしています。

そんな子どもたちに必要なのは、自分の根をしっかりと張り、自分の幹を想像力によって天高く伸ばし、命ある喜びを享受できる養分です。その養分こそ、読書です。感動し、衝撃を受け、強く心を動かされる物語の中に生き方を見いだし、生きる希望や夢を失わず、自分の足と意志で歩き始めてくれることを願って止みません。

本シリーズによって、子どもたちは人間としての愛を知り、苦しみのときも愛の力を呼び起こし、複雑きわまりない世界に果敢に立ち向かい、生きる力を育んでくれることでしょう。そのとき初めて、この地球が、互いに与えられた人生について、そして命について話し合うための共通の家（ホーム）になり、ひとつの星としての輝きを放つであろうと信じています。